請問侯文詠

一場與內在對話的旅程。

侯文詠——著

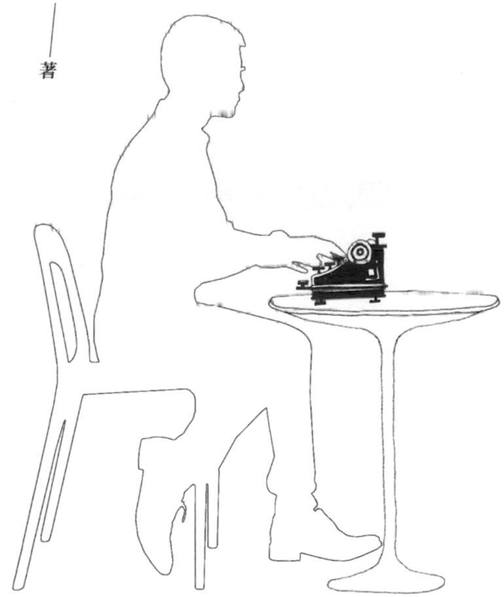

楔子

有問題的，請舉手

1

每次演講完，主持人接過麥克風，盡責地對著聽眾說完了結語之後，接著總是會問：

「接下來，不知道大家有沒有什麼問題？有問題的，請舉手。」

通常，在這之後，會有一段沉默。

為了打破尷尬，我會說：「如果你有問題不好意思問，舉手發言時只要說：我有一個朋友……這樣我就明白了。」

要是氣氛沒問題的話，通常會引來一些笑聲以及幾隻鼓起勇氣高舉的手。偶爾，也真會有人站起來說：「我有一個朋友……」或者是，「我真的有一個朋友，他的問題是……」

在那之後，事情就變得容易得多了。滿屋子看不見的問題，隨著高舉的手一個一個都浮現了出來。聽眾提問題的熱情，也隨著我的回答，越來越高漲。最後結果往往是——我根本回答不完所有的問題。

每一場演講幾乎都是這樣，而主持人也總是無奈地表示「因為時間的緣故」不得不結束活動，而我也總是抱著「很遺憾」的態度，向大家下台一鞠躬，再接受最後一次的掌聲，然後匆忙結束演講，離開了現場。

聽眾們都很好，也完全能夠理解。

一切似乎都很圓滿。但在回程的車上，甚至或只是在路上走著，我常會想起一整個演講廳，許多人舉起手來的那個畫面。

無法回答——甚至是無法聽完所有的問題，心情多少是有點遺憾的。那些舉了手我卻無法回答的問題，到底都是什麼呢？

有一次，我應邀到某個高中對著一整個禮堂的學生演講，看著禮堂裡面一、兩千張稚嫩的面孔以及高舉的手，一個想法突然浮現腦海。我請企劃宣傳人員找來一支手機，宣佈了電話號碼。我說：

「如果你舉手沒有被點到，歡迎你把問題用簡訊傳到這個號碼來。」

說完之後我開始回答手邊已有的問題。

一分鐘不到，手機嗶嗶嗶地響了起來。一邊回答問題，我一邊瞄了手機螢幕一眼，只見數以百計的簡訊，在幾分鐘之內湧了進來。

你真的不後悔你的選擇嗎？

在對一個人付出了這麼多的心血，卻得不到相同的回報，你怎麼知道你應該放棄或者是繼續下去？

你失敗過嗎？失敗的時候你都怎麼讓自己心情平靜，安然度過的？

考試成績真的那麼重要嗎？

你真的什麼事情都可以輕鬆看待嗎？

我的青春歲月是一座監獄，你可以教我越獄的方法嗎？

你的爸爸媽媽會讓你喘不過氣來嗎？

你被最好的朋友背叛過嗎？該怎麼辦？

……

手機的畫面像是文字組成的河流似的，一個問題很快流過我的眼前，又被新的問題擠到畫面的更下方，很快從我眼前消失了。

在我成長的過程中，大部分這些問題都曾經在腦海裡出現過。有些我有答案、有些我沒有答案。但此時此刻我所能做的，似乎只是從河流裡面撈起任何一段吸引我、打動我，或者是我有能力回答的問題，試著一個一個回答。

我的妙招一點也不妙。一邊回答著問題，嗶嗶的聲音不斷地在耳邊響著，儘管我試圖讓自己專注在自己的回答裡，但手機螢幕上那個流動著的河流，無由地，就是讓我掉進一種茫然——那種在巨大、無邊無際的存在感底下，渺小得不能再渺小的茫然。

2

從小，我就是個有很多問題的小孩。我記得當時有一種叫吹牛比賽的遊戲。

有一次，一個小孩對我說：「我家有台灣那麼大。」

我說：「我家有中國那麼大。」

他說：「我家有亞洲那麼大。」

我說：「我家有地球那麼大。」

他說：「我家有太陽系那麼大。」

我說：「我家有銀河那麼大。」

他說：「我家有宇宙那麼大。」

我說：「我家比宇宙還要大。」

遊戲這時候停下來了。

「不行，你犯規。」那個小孩說：「宇宙已經是無限大了。沒有東西比無限大還要大。」

「一定有，不然我問你，」我說：「宇宙的外面是什麼？」

「宇宙沒有外面。」他一口咬定。

「任何一種東西，只要有裡面，就一定有外面，不然，」我說：「你隨便舉一種東西，只有裡面，沒有外面？」

我們就這樣一來一往地開始爭論起來，到最後誰也無法說服誰——當然，更不可能有什麼結論或共識。

出乎我意料之外的是，拿這個問題去問任何一個大人，似乎從來也沒有得到過任何「能夠理解」的答案。

那時，過年都要和父母親到廟裡去上香拜拜。偶爾，母親會有問題請教神明。她總是虔誠地在神明面前祈求，接著抽籤、擲筊，取得籤詩之後，排在長長的隊伍裡，等候解籤人解籤。

解籤人是一個戴著厚厚老花眼鏡的老先生。等沿著隊伍慢慢移動半天，來到老先生面前時，只見他推了推眼鏡，從眼鏡上方望了母親一眼，慢條斯理地問：

「問什麼？」

在母親稟明問題後，解籤人慢條斯理地看了看詩籤，開始煞有介事地指示母親如此如此，這般這般。當時母親到底問了什麼問題，或者解籤人到底說了什麼，我已經不記得了。但不管是母親或其他的人，大家聽完解籤人說明後臉上那種釋懷的表情，都讓我對他佩服極了。

事後，我瞞著母親偷偷溜到廟裡面去，也依樣畫葫蘆地抽籤、擲筊，得到了一只詩籤。我走到解籤人面前。

「問什麼？」一樣的老先生，一樣的表情。

「宇宙……」我猶豫了一下，鼓起勇氣說：「宇宙的外面是什麼？」老先生一臉不悅的表情看了我好幾秒，才說：「小孩子問這些做什麼？回去好好讀書，以後你就知道了。」

過了很久之後，我發現不管是醫師、作家、大學老師、節目主持人……在往後我從事的工作中，「回答別人問題」似乎都是我的工作職責中非常重要的一部分。

到底是因為渴望能像解籤的老先生一樣給別人解惑，或者撫慰，甚至是帶來希望，所以做了這些工作？或者因為做了這些工作，因此對於這段少年時代的記憶特別印象深刻？我自己其實已經分不清了。

能擁有這些工作，當然是很令人珍惜的事。只是，隨著年紀漸長，經驗累積，漸漸明白，自己能知道的，或者能做的，其實很有限……

3

一九八六年冬天，我在醫院擔任實習醫師，在醫院的急診室值班。那時有個心肌梗塞的病人被送了進來。經過了初步的處置之後，我被分派護送他到加護病房的工作。

和家屬以及醫院的義工推著病床走在甬道間，躺在病床上的病人，握著我的手，虛弱地問我：

「大夫，我會不會死？我會不會死？……」

我隱約感覺他存活的機會不高了，可是我不知道該怎樣回答。

「大夫，求你救我……」

為了安慰他，我說：「不要擔心，我們會竭盡一切努力救你的……」

他又問：「我會死嗎？」

「你不會死的，」我告訴他：「你不會死的。」

儘管竭盡了一切努力，但病人仍然還是在送到加護病房不久之後過世了。

一直到現在，我還記得病人緊緊抓住我的手漸漸變得冰冷，並且慢慢鬆開了的感覺。那種震撼不全然只是死亡，而是你清楚地記得，曾有過一個對你充滿信任、充滿期待，絕望而迫切的人，對你提出了一個問題，對你提出了一個請求，你卻無法回答，無能回應。

那其實才只是一個開始。當時我一點也不知道往後我的人生中，常常還會在夢中遇見那隻手。更沒有想像到，將要面對許許多多無法圓滿回應、解決的問題。

就像解籤的老先生曾對我說過的那樣：

「小孩子問這些做什麼？回去好好讀書，以後你就知道了。」

當年我曾經天真地以為，人生所有的問題，都會得到解答，所有的疑惑也都能得到回應。慢慢長大，也唸過一些書之後，我發現事實並非如此——關於宇宙的外面到底是什麼這件事，到了我這個年紀我所知道的，並沒有比當年的那個小孩多出多少。

麻煩的是，隨著年紀漸長，在我的內心裡面，這些沒有答案的問題似乎越來越多，並且不斷地膨脹，像是：

時間是怎麼開始的呢？它有結束的時候嗎？如果有的話，開始之前，或結束之後，到底是怎麼回事呢？如果沒有開始，也沒有結束的話，那麼無限長的時間，到底又是怎麼一回事呢？……

當然更不用說那些在我的工作職責裡面，必須回答，卻又沒辦法好好回答的問題了。

這些無法解決的問題在我心中慢慢累積，形成一種重量，黑洞似的，雖然看不見，卻吸附任何具體的、抽象的，靠近它的種種心情，形成一種難以言喻的失重狀態——就像站在講台上，看見手機螢幕上河流似的問題流過時，那種在巨大、無邊無際的存在感底下的渺小與茫然一樣。

4

或許有那麼一點點不甘心的成分吧，二〇一二年夏天，當《我就是忍不住笑了》出版時，我和出版社的編輯、企劃商量之後，決定把過去例行的大型演講改成「小型」的、「專門回答問題」的座談會。我們事先在網路上公開徵求問題，根據讀者提出的問題，挑選並且邀請他們來參加發表會。

兩場座談會讓我有機會更靠近了讀者的心事，前前後後一共回答了一百多個問題。這個過程，固然彌補了一些無法回答完讀者的問題的遺憾，但是在理直氣壯地回答問題的過程中，另一種我始料未及的忐忑心情卻油然浮現。

我不由自主地想起我寫的小說《危險心靈》中，因為教育事件發動抗爭的謝政傑接受電視採訪時，主持人和他的對話。

「謝同學，以你的年紀從事這樣的抗爭，我相信一定承受了許多壓力，」主持人問：「自己會不會感到害怕呢？」

我（謝政傑）點點頭。「會。」

「你怕什麼？」

沉默。

「怕被老師批評？怕學測成績不好？」主持人試圖引導我，「怕影響將來前途？」

我不停地搖頭，又清了清喉嚨，最後終於說：「我怕萬一我相信的事情是錯的。」

一邊回答著這一百多個問題，我一邊懷疑起來：

一個像我這樣的作家，以我有限的人生經歷——外加這麼多連自己都找不到答案的問題，真的有能力回答所有這些包羅萬象的問題嗎？或者，就算真的回答了，我的答案對解決讀者的問題有幫助嗎？萬一，答案不但派不上用場，甚至造成反效果，怎麼辦？

我就這樣懷抱著複雜的心情，完成了這兩場座談會。座談會之後，出版社很貼心地把當日發表會的內容，聽寫成逐字稿讓我參考。一頁頁翻著這些逐字稿，更加深了我的忐忑不安——才經過沒幾個月，我很容易就看見自己思慮不周的漏洞不少。我發現，有些問題，我其實可以用更好的切入點去思考，有些答案，其實可以用更有趣、更周密的方式回答。

這些發現在在提醒我，「答案」是一種有機體——它會隨著時間、經驗的累積，不斷成長、變動的。也正是這個提醒，觸動了我寫作核心最敏感的那根神經。我開始想，隨著外在的環境、人事的變化，答案在未來是會不斷地被推翻、進化的。可是我的回答一旦化成了文字（或者是網路上的影像），卻會像死掉的標本一樣長久地存在。

既然如此，死掉的文字，如何追得上不斷在演化的答案呢？

如果我相信，一個作家應該帶著問題和讀者一起思索，不斷追求更好的答案，而不是提供答案，讓讀者和自己感到滿足，從此停止對問題的思考。那麼，為什麼還要回答這麼多我未必能解決的問題呢？

一方面我告訴自己：人之大患在好為人師。但另一方面，手機螢幕上像是河流般流過的問題所發出的嗶嗶聲，又給我另一種迫切。

To answer, or not to answer？（回答，或不回答？）

對我而言，這變成了一個真實的兩難。

那次的座談會之後沒多久，我輾轉收到了一個母親的來函。

這個母親告訴我，她的孩子本來是個在各方面都表現得非常優秀的學生。自從看了我寫的幾部長篇小說之後，不但在校成績一落千丈，情緒也越來越不穩定。父母親試著跟她溝通，也拜託學校的輔導老師和她討論，試盡各種方法都沒有幫助。她知道孩子是我的粉絲，又曾經參加過我的座談會，因為實在不知道該怎麼辦才好，才會冒昧提出這個請求，希望我能跟孩子單獨談談。信末，這個母親還附上了一篇孩子的文章，讓我參考。

我讀了孩子的文章，注意到筆鋒之下有一種超乎她的年紀應有的細膩與早熟。我又回頭去查看了一下她在座談會的提問。儘管那天針對她的問題我做了回答，不過，顯然，我的答案並沒能為她釋疑解惑。

大概是自己沒回答好孩子問題的責任感吧，我開始和母親聯絡、安排和孩子見面的細節。母親客氣地透過出版社聯絡的人員，表示願意付給我諮詢費用。不過我委婉地拒絕了。幾番溝通往返之後，我告訴這位母親：如果她真的非得送什麼東西給我的話，就請她帶上一杯黑咖啡請我吧。

見面當天，一見到我，孩子的母親立刻遞上了熱騰騰的咖啡，對我深深地一鞠躬。她把孩子交給我。正要離開前，忽然伸出手來，握著我的手。

我稍稍地愣了一下。不知道是因為母親急切的心情給我的錯覺，或者是咖啡的熱度，那隻緊握著我的手有種很特別的溫度，讓我覺得有些意外。

「小孩就拜託你了。」

她就那樣殷重地握著我的手，一會兒，才放開我的手，轉身離開。

坐在我面前的孩子，有著一副鬱鬱寡歡的表情。她對我述說怎麼開始閱讀我的書，又說了閱讀我的書，個別的心得、心情。聽著她的敘述，你又感覺得到一種矛盾——一種在那張鬱鬱寡歡的表情之下，隱藏著澎湃情感的強烈矛盾。

「妳最喜歡我的故事裡面的哪一個角色？」

「沈韋。」她說。

「為什麼？」我問。沈韋是《危險心靈》中一個充滿思考的小孩。他在教育事件抗爭現場唱了一首〈阮若打開心內的門窗〉，宣告了他的宣言之後沒多久，就以自殺結束了生命。

「我覺得他說出了我心裡的話。」接著這個孩子在我面前說出了小說裡面沈韋那段對白。

小時候，我好想背著大大的書包去上學。我以為我會在學校學習思考、體會、尊重、分享，好讓我更懂得享受生命所賦予我的一切，更懂得熱愛這個世界。直到我開始上學之後，我才明白我想錯了。他們說，教育就是競技場，而讀書不過是一場又一場的爭奪戰，為了保持領先，我們放棄了思考、體會、尊重、分享，開始學習平庸、冷漠、虛偽、貪婪。我已經不想再繼續長大了，當我們不再保有孩子的純真時，青春、歡笑、自由與想望也就遠離了，是責怪、互相憎恨、鬥爭、殺戮……直到我們徘徊在黑暗與荒蕪裡，直到無助的吶喊與哭泣淹沒了我們……

我聽她唸誦著，沒有多說什麼。繼而她又對我說著她觀察到的世界，從學校到社會甚至到整個世界的自私、墮落、黑暗，以及無力改變它的挫折。

孩子說完了這些之後，靜靜地望著我，等待著答案似的。

我深深地吸了一口氣。從某個角度來說，早熟的她說得都沒錯，但她只是個孩子，應該好好長大，不應該在這個時間點承受這麼多的。於是，我開始告訴她我是多麼喜歡沈韋這個角色，可是又為沈韋的生命就這樣停下來，感到多麼惋惜。如果沈韋可以好好長大，堅持他所相信的事情，我相信，他的人生一定擁有更大的舞台，他所展現的生命，也一定比現在更精采許多的。

我告訴她，不要讓自己感到挫折，也不要太早放棄。現在做不到的事情，不代表以後不能做到。我告訴她，請她繼續堅持自己的熱情，如果不能幫助這個世界，那就先幫助這個社會。如果不能幫助這個社會，那就先幫助周遭的人。如果連周遭的人都無法幫助，那就先幫助自己。

我告訴她，請她用能讓自己快樂的方式好好長大。在這個階段，沒有什麼比這件事更重要了。只有先讓自己變成一個幸福、有能量的人，才能用同樣的方式，去扭轉這個世界的自私、墮落、黑暗……

她沉默地聽著，面無表情。我一點也不曉得她到底聽進了多少。有很短暫的剎那，我感到有點恍惚，似乎坐在面前聽著我說話的不是那個孩子，而是書中的沈韋。

我想起《危險心靈》小說中，當主角謝政傑在電視攝影棚接受採訪時，聽到沈韋自殺身亡消息之後的嚎啕大哭的心情——

我不明白我為什麼哭成那樣，彷彿剛才如果我能表現得更堅強一點，那個唱歌的少年就可以繼續活下去似的。

不知道是孩子臉上的表情，或從她的回饋感受到的無力感，我隱隱約約感受到自己越說越急切。我知道我應該更加沉穩、堅定，可是我似乎就是無法做到。

那次見面之後，我的心情其實有點忐忑，覺得自己似乎說得太多、太急切、也太熱情了。我很認真地反省了一下，覺得其實那天我應該花多一點時間聽那個孩子再多說一點，更深入地瞭解她的問題到底是什麼才對。

在那之後沒有多久，我收到了孩子母親的信。她向我道謝，告訴我孩子的近況，並且告訴我，孩子漸漸地變得比較穩定了，也充滿了更多的能量面對自己的課業了。

讀著母親的信，腦海裡浮現那天和小孩見面當天的對話、情境。我在想，或許是對小說人物過度的投入，我擔心太多了。可是沒一會兒，又自顧擔心起來。似乎，事情應該沒有這麼簡單容易才對……

無論如何，小孩子得到了一點正面的能量，還是令人開心的事。

隔年夏天，小孩子寫了一封信給我，她問我還記不記得她？她告訴我，她考上了理想的學校。她謝謝我給她的鼓勵，還告訴我，她會用自己的人生證明，她不會放棄自己的理想，不會和制度妥協……

大概在那之後吧，我的夢裡開始出現了孩子的母親握著我的手。那隻手有一種溫度，和一九八六年冬天虛弱地握著我的那隻冰冷的手完全不一樣。是那樣的溫度，讓我有一種如釋重負的感覺。漸漸，我甚至可以感覺到，在內心有些往黑洞裡面不斷墜落的什麼，慢慢停了下來。

儘管不是所有的問題都有答案，也不是所有的承諾都能實現，儘管你的能力永遠那麼有限，但重點不是問題能不能被解決，而是你關不關心，在不在乎。那隻溫暖的手，以及之後發生的事，似乎提醒我：只要努力，有些遺憾可以有機會彌補，有些無可挽回的有機會被挽回，有些瑕疵也有機會變得圓滿……

偶爾，我還從社群網站上收到那次參加座談會的孩子們發給我的問題。如果情況迫切或需要，我也會安排時間和他們見面，聊一聊他們的問題。

老實說，我不確定這樣做是否真能給他們什麼幫助，但似乎每見過一個孩子，或回答了更多的問題，我就會發現自己心中那個「to answer, or not to answer ?」的天平，慢慢地往「to answer」的方向又偏斜了多一點。

5

大概是這些瑣瑣碎碎的事情、心情，讓我開始了這本關於問題的「答案」的書寫。

大江健三郎在《為什麼孩子要上學？》中，提到過他小時候生病發高燒，在恍惚中聽見醫生說，這個孩子已經藥石罔效後和母親的對話。這段對話是這樣的：

「我聽到醫生說，這個孩子快死掉了，已經沒救了。他認為我會死吧！」

母親沉默了一會兒，然後說：「就算你真的死了，我還是會再把你生下來，別擔心。」

「但是那個小孩子和現在就要死掉的我，應該是不一樣的孩子吧？」

「不，是一樣的！我生下你之後，就會把你過去看到的、聽到的、讀到的、做過的事，全部都講給新的你聽。也會教新的你說現在會講的話，所以，你們兩個孩子就會一模一樣的哦！」母親這麼回答我。

一邊寫著這本書的過程，重新讀到了大江健三郎這個既寓言又真實的故事。這個故事，讓我發覺，我們大部分人的生命——儘管經歷的不同，但不同的經歷，所呈現的困境，從本質上來看，是很接近的。

對於有些人很輕鬆容易的難題，對於另外的一些人來說，卻是可以讓自己的生命動彈不得的大困境。同樣的，對於大多數問題都能輕易過關的人來說，讓自己摔得鼻青臉腫、頭破血流的問題，可能簡單到許多人都無法想像。

從某個角度來說，我們都是來學習的。很多時候，那些讓我們感到難過、挫折的，正是我們那些沒有學會怎麼面對的事。正因為沒有學會，生命才能用不同的面貌，給我們同樣的功課。正因為沒學好、沒學會，煩惱、痛苦才有機會一而再、再而三地在我們的生命中重複。

對我個人來說，這或許是這個書寫的過程中，最大的收穫了。因此，收錄在這本書裡面關於問題的回覆，我所寫的，與其說是答案，還不如說是對於自己從那時候到現在，到底都學習到了什麼的一個重新檢視。

所以，在書中，雖然回答的是別人的問題，同樣地，其實面對的也是自己生命的成長。或許是那樣將心比心的關照吧，讓我有一種心安的感覺。彷彿我握到了那個母親那隻溫暖的手，看見了台下許多朝著我舉起等待發問的手、聽見了手機螢幕上河流似的流動過去的問題發出的嗶嗶嗶的聲音⋯⋯

儘管我知道我無法回答完所有的問題，儘管我知道就算回答了，我的答案也未必是解決問題最好的答案、最好的辦法。但是，正因為在那裡面有一種與讀者之間的信任、一種期待以及一種可能，因此我明白，那是作為一個作者的生命中，最彌足珍貴的一個時刻。

因此，約了一個孩子見面、點出了一個人、從手機挑起了一個問題，我聆聽、思索，並且盡我所能地回答問題。

1. 你不是真的很愛錢吧？

真的就是這麼矛盾嗎？

我有個朋友小孩高中畢業之後，大學沒考好，決定重考。自己在家裡準備了一年功課，考上了某生物科技學系。他對成績不滿意，認為自己應該可以考得更好。和家人商量之後，決定先去學校註冊，邊讀大一課程，邊準備重考。

為了能夠有個專注地準備考試的環境，朋友和我商量，希望我允許小孩利用週末到我家裡來唸書。

我一口答應了。於是每個週末我都見到他。

小孩非常有禮貌，每次總是畢恭畢敬的鞠躬，安安靜靜地窩進房間裡面唸書。偶爾，我稿子寫累了，走出書房，繞到房間門口問他需不需要水或者水果，他都客氣地搖搖頭，並且對我比了比自己帶過來的水。每次他來，總是讀得很晚，回家之前也總是禮貌地過來道別並道謝。

幾個月之後，有一天離開前他忽然對我說：

「下個週末，我暫時不會來了，我覺得，有些事我得想想。」

「發生了什麼事嗎？」

「我覺得像現在這樣，一個禮拜只花一天準備，根本不可能考上我想要的科系。」

「你想考什麼科系？」

「至少牙醫系，當然，能考上醫學系更好。」

「既然如此，你就多花一點時間準備啊，我這裡隨時都歡迎你來。」

「可是，我不確定這樣到底值不值得？」他說：「我需要想一想。」

聽他這樣說，我沒再多說什麼。

消失了兩個禮拜之後，他又再度出現在我的面前。

「你想得怎麼樣了？」我問他。

「我覺得自己已經失去了那種衝刺的心情了。」

「噢，」我說：「所以，你不打算重考了？」

他搖搖頭。「我想我還是繼續像現在這樣，每個週末過來唸書好了。」

「可是，」我不解地問：「你不是說像現在這樣，一個禮拜花一天準備，根本不可能考上牙醫系嗎？」

他沒說話。

「既然覺得考不上，為什麼還要每個禮拜來這裡唸書？有沒有想過，何不乾脆放棄重考，好好地把握你的新鮮人生活？」

「可是我又想，如果能考上牙醫系或醫學系，將來應該能賺更多錢……」

「你想考牙醫或醫學系，是為了賺更多的錢？」

「嗯。」

「你覺得賺很多錢，對你很重要？」

他點點頭。

「既然如此，你就多想賺錢這件事，讓這個動力激勵你更加用功唸書啊……」

「我知道，可是一個禮拜花一天準備功課已經是我的極限了。我就是沒辦法再多花一天為了準備考試讀書。我試過，即使勉強自己坐在書桌前，也無法專注下來……」

聽起來真的很奇怪。無論怎麼想，都是撞牆的道理。接下來是一陣沉默。眼看此路不通，我只好另闢蹊徑。

「你喜歡現在的科系嗎？」

「其實還可以。」他表示，當初填志願時，他其實是放棄了某國立大學的電腦相關科系，選填現在的生物相關科系的。

「既然你不討厭現在的科系，乾脆放棄重考算了吧。新鮮人的青春歲月是珍貴的。況且，只要自己喜歡，好好鑽研，誰說你現在的科系將來賺的錢一定不如牙醫？」

「你說得當然沒錯，只是，一般而言，牙醫賺的錢應該比較多，」他又安靜了一陣子，才說：「所以，我才覺得，好像不應該就這樣放棄重考。」

「可是，明明覺得一個禮拜花一天的時間準備重考考不上，還是決定繼續這樣做，為什麼？」

「我覺得，好像，」他說：「我應該給個交代……」

「給誰交代？」

「我不知道，」他說：「或許是我爸爸吧？」

「可是，你爸爸對我說過：不管你做什麼決定，他都會全力支持。你不需要為了對你爸爸交代而這樣做。」

想了半天，他又說：「或許，我是想給自己一個交代吧。」

「你說的自己，是哪一個呢？想賺更多錢的自己？或者是那個不想為了考試讀書的自己？」

「我也不知道。」

他似乎陷入自己的沉思，沒有回答我。

「你有沒有想過，這樣做最可能的後果是：不但錯過新鮮人的寶貴時光，同時也沒考上你想要的科系。」我問他：「如果是這樣，你覺得將來你『自己』能接受這樣的交代嗎？」

又是一陣沉默。

看著他，我忽然脫口而出：「你不是真的很愛錢吧？」

「啊？」

「當你很愛一個人時，只要能和對方在一起，不管多少時間或者是任何代價、犧牲，你都願意為她付出的吧？」

他點點頭。

「如果你很愛錢的話，為什麼連多花一點時間準備考試的代價都不願意呢？這不是很矛盾嗎？」

他想了一會兒，才抬起頭來對我說：

「我知道這樣很矛盾。可是，我真的就是這麼矛盾啊。我別無選擇。」

我們的對話就到這裡了。又過了連續幾個禮拜之後，他告訴我，以後週末他在學校圖書館準備考試，不過來了。我沒有機會去追問他心中最後的決定。不過，這個沒討論完的問題，就這樣時常在我的腦海裡面浮現。

難道「我真的就是這麼矛盾」，就是一切的答案了嗎？

內在價值vs.外在價值

過了一段時間，就在我差不多把這件事忘得一乾二淨時，忽然聽朋友說了一個故事。故事是這樣的：

一位五歲的小孩被問到將來想唸什麼學校時說：「建國中學。」再問他：「建國中學畢業之後呢？」他說：「台大醫學系。」繼續再問他：「台大醫學系畢業之後呢？」小孩想了想，回答：「我要開計程車。」

聽到這個故事，我的第一個反應當然是笑了。一邊笑的同時，又覺得這個應該不只是一個笑話。作為一個旁觀者，一點也不難分辨，哪一個是孩子自己的價值，哪一個是從別人那裡得來的價值，但如果問五歲小孩：「你為什麼要先讀建國中學、台大醫學系之後，才去開計程車，這樣不是很矛盾嗎？」

對於你所謂的矛盾，他一定覺得不知所云。隨著時間累積，不管是別人給他的價值，或者是他自己原來的價值，一點一滴全都轉化成了他自己內在的價值。在這樣的情況下，當不同的價值發生衝突時，當然，也就全變成了他自己的矛盾。

我把朋友兒子的矛盾，以及五歲小孩要開計程車的故事跟大兒子分享。分享完之後，兒子問我：

「你不是說過，你小時候寫作文，〈我的志願〉中寫的，就是要當醫師嗎？那是你自己的內在價值，還是別人給你的價值呢？」

認真地回想這件事，我想到的第一個脈絡是小時候生病時常被帶去看的內兒科醫師。

那個醫師微胖，坐在看診室的大椅子裡，一副很神氣的樣子。看診出來之後，爸媽會一再表示，這個醫師多了不起，太太有多漂亮，他們有多麼受到尊敬，他來到小鎮看診之後，如何在很短的時間賺了這麼多的錢、又如何蓋了樓房……

另一個脈絡更隱晦。那是月考成績揭曉，我以五科滿分的成績得到班上第一名的榮耀時，老師有意無意地說了一句話：

「這個小孩成績這麼好，將來去考醫科應該沒有什麼問題……」

想起來，這些外在的期待或暗示，很可能就是我在〈我的志願〉這樣的題目寫下「醫師」這個職業，最重要的動機了。

我在這樣的氛圍下成長、接受教育、考上醫學院，理所當然地當了醫師，穿上白袍。直到幾年之後，我升任主治醫師，因為負責疼痛控制，走進了癌症病房。

剛開始時，有很長的一段時間，面對癌症病人突如其來的哭泣，我很掙扎。作為一個醫師，除了做一些消極的症狀改善，並且面帶微笑，搪塞一堆「今天氣色看起來不錯」、「情況會改善的」之類的善意謊言，然後走出病房外，似乎再也沒有辦法多做些什麼。

那種落荒而逃的不安很幽微，卻在我的內心不斷累積，無可脫逃。

有一天，我又遇見了一個在我面前哭泣的末期癌症病人。如同往常，在安慰她之後，我正打算迅速離開時，有個壓抑了很久的念頭，忽然從腦海深處迸發出來。

「你能逃到哪裡去呢？」

就在那一瞬間，我做了一個決定。我打定主意，在病人停止哭泣之前，絕不走出這個病房。我找了幾張衛生紙，轉身遞給她，然後拉了一把椅子，安靜地坐下來。

病人沉浸在自己的悲傷裡，一點也沒有停止哭泣的打算。

在那十幾分鐘裡，我一直有種幾乎無法按捺的衝動，很想開口說幾句善意的謊言，然後優雅地離開。可是我強迫自己坐在椅子上。

一個修女走了進來。她對我和病人鞠了一個躬，就這樣安靜地在另外一張椅子上坐了下來。接下來，她雙手合掌，開始默默地為病人禱告。

場面變得有點奇怪。一個低聲啜泣的病人，一個祈禱的修女，一個強迫自己坐在那裡的的醫師。

不知道為什麼，我的腦海浮現了小時候看病時那個醫師神氣的樣子，想起了他漂亮的太太、診所，還想起了考第一名時，老師無意之間的話……

無可諱言的，這些成就、財富、榮耀都是當年引導我寫下「醫師」這個志願最重要的外在價值——因為治癒病人，所以我應得到這些回報。但問題是，萬一這個醫師無法治癒他大部分的病人呢？每天面對著像這樣的哭泣，他又如何讓自己在這個位置上安身立命呢？

眼前的修女沉默而專注。我甚至可以感受到在那樣的靜定底下，存在著一種比我還要強大的力量——相對於我，她既沒有改變現實的醫術，更沒有任何相對的回報。

既然如此，她的力量從何而來？

這樣想時，我感覺到過去從事這個工作時我所依賴的價值體系，忽然失去了所有的效能，再也無法推動我往前一點點了。我清楚地感受到，支持著你做這件事情的某些基礎被連根拔起，一切都開始動搖。

不知道是氣氛使然，或為自己感到悲傷，我發現自己的眼前已經模糊成一片。

我接過修女遞過來的衛生紙，擦拭淚水。

邊擦拭淚水，我忽然理解到：驅動我成為一個醫師最重要的動機是成就、榮耀、財富這些外在的價值——為此，所以我關心病人能不能「治癒」。而驅動修女的動機卻來自她所信仰的內在價值——為此，因此她關心的是「病人」（甚至是所有的人）。因為這樣的差別，當面對一個無法治癒的病人時，我顯然走投無路了。可是對修女來說，無法治癒的病人仍然還是病人。

換句話說，是我們關心的範圍，造就了我們能力的極限。

那是我第一次深刻地感受到，如果一個人從事的工作缺乏「內在價值」時，他可以變得多麼薄弱、有限。

當年我在大學聯考入學志願填下醫學系時，對於這個工作「內在價值」——老實說，就像朋友的孩子一樣，思考得並不多。我考慮的只是做這個工作可以得到什麼（what），或者我如何（how）可以得到這個工作。卻很少想過，我的人生為什麼（why）要從事這個工作，我為什麼（why）喜歡它？它為什麼（why）對我有意義、價值？一個工作本身如果少了這些，不但無法給你的生命帶來真正的滿足感，更無法支撐你長遠地走下去的。

我就這樣在病房想著這些，直到一個多小時之後，病人停止了哭泣。我和修女沒有多說什麼，只是拍了拍病人，簡短地說了幾句精神鼓勵的話，一起走出了病房。修女對我鞠了個躬，我也很鄭重地對她行禮，謝謝她給我帶來的這寶貴的一切。

我就這樣目送著修女消失在長廊的盡頭。

內在價值就像聽演唱會、和朋友去打球一樣……

「聽你這樣說，我有點搞混了。」兒子問：「當我做一件事情時，要怎麼樣才能區分我的動機，到底是呼應自己『內在價值』，或者『外在價值』？」

「這很容易啊。當你渴望做一件事情，不需要任何理由、也不需要任何報酬，甚至讓你花時間、付錢，你也願意做的事情，就是呼應你內在價值的事。」

「像是聽演唱會，和朋友去打球？」

「是啊，」我說：「為什麼不需要任何理由，你就會想聽演唱會，和朋友去打球？」

「因為喜歡啊。」

我點點頭。「看似簡單的事，但能回答的只有自己，不是嗎？反過來，如果做一件事情，目的是為了外在的報酬——財富、名氣、權勢，或者是為了滿足別人的期望——不管是父母、師長、朋友的，這個動機所呼應的，都算是『外在的價值』。」

「我不明白，」兒子說：「如果『內在價值』這麼重要，為什麼大部分的父母、師長，對他們的孩子、學生鼓吹的都是『外在價值』？難道說，他們都錯了嗎？」

「我相信絕大多數父母親、師長的忠告都出於善意。這些建議，我們當然應該聆聽、思考。但基於每個人不同的經驗，不同的父母親、師長，鼓吹的價值並不盡然相同。固然有許多人鼓吹『外在價值』非常重要，但也有人鼓吹『內在價值』更重要。我們該聽誰的呢？誰是我們的父母、師長，我們就聽誰的？還是乾脆做個統計，少數服從多數呢？」

兒子笑了笑，搖搖頭。

「畢竟要承擔選擇後果的人是我們自己。沒有人能為我們的生命負責的，不是嗎？」我繼續又說：「所以，最後做決定的人，應該還是我們自己才對吧？」

兒子點點頭。過了一會兒，他又問：「你這樣說固然有道理，可是我覺得『外在的價值』也很迷人啊。誰不想有錢、有權勢，又受人尊敬呢？」

「這我同意，」我想了想，繼續又說：「剛剛醫院的故事還沒講完，你要不要聽我繼續說下去？」

「當然。」

有了那次經驗之後，通常只要時間允許，我很願意多花些時間和末期癌症病人聊天。

當時，在我的辦公室有個小黑板，記載著所有會診的病人。一般而言，護理站黑板上的病人名字如果被擦掉，多半表示這個病人出院了，但我的黑板上的病人正好相反，如果他們的名字被擦掉——通常代表他們已經過世了。

每週我的黑板上都會有一、二個病人的名字被擦掉。那種感覺很奇怪，明明沒幾天前還活生生在你面前談著人生苦樂的病人，現在消失不見了。持續有五年左右的時間，我活在這種「無常感」強烈的工作環境中，就這樣送走了四、五百名末期癌症病人。

在那之前，我的想法其實和大部分人都差不多——覺得人生無非是在競爭中的領先，靠著那樣的領先累積財富、名氣、權力，並且因為擁有這些，因而得到快樂。不過，傾聽臨終病人的心聲的過程，給了我很大的衝擊。

儘管每個臨終病人的生命故事各不相同，但是從生命的終點回顧自己的生命時，佔據了日常生活中我們最多時間，讓我們每天為此汲汲營營的「外在價值」——財富、名氣、權勢等等，從生命的終點來看，竟然變得無足輕重了。沒有任何一個病人告訴我，他們希望賺得更多的財產、贏得更高的知名度，或者升上更高的官階、職務。

「對你來說，你覺得生命最重要的是什麼？」

當我這樣問病人時，我發現，對大部分的臨終病人來說，最重要的事情，幾乎都是關於「內在價值」的。

我得到的答案中非常一致，大部分病人覺得最重要的是：「關係」。大部分的病人最放不下自己的父母、配偶、子女，親人、朋友。最多人感到後悔的是有生之年來不及跟自己在乎的人好好相處。最懊惱的是和他們之間的不圓滿的關係，幾乎所有的人都渴望在臨終前能夠和自己關心的人和解、擁抱、好好告別。

在「關係」之後，所有人都會反省的是：「意義」。在我和病人的談話間，幾乎無可避免地都會回顧自己的這一生，到底給別人帶來了什麼幫助，為這個世界留下了什麼貢獻？很多人甚至後悔自己的人生，都在浪費時間……

每次走出癌症病房，面對病房外面的現實世界時，總會有一種很錯愕的感覺。在生活中，為了財富、名氣、權勢，我們總是佔用了與自己最親密的人相處的時間。為了維護自己的尊嚴、驕傲，我們總是輕而易舉地就傷害了別人的情感。為了得到自己的最大權益，我們總是以競爭為名，理直氣壯地就犧牲了他人的權益……

病房裡與病房外的距離並沒有太遠，但從人生盡頭看到的價值，和我們每一天生活中的所作所為，竟然是完全顛倒的。

我很難用語言來形容這四、五百個病人所給我帶來的震撼。最初，我以為或許這只是少數的臨終病人的想法。但在和他們一次又一次深刻的談話、一次又一次受到衝擊之後，我開始明白，我們對於生命的前提是有問題的。

事實上，這四、五百個病人所經歷的死亡，我們無人能夠倖免。但大部分的時候，我們卻活在一種生命永遠存在的假設之中。因為這樣的假設，我們把生命想像成為一個大倉庫，透過競爭、領先，每個人停不下來地為這個倉庫累積更多的財富、名氣、權勢……卻很少有人想過，沒有誰真正能夠擁有這些。事實上，每個人的生命真正能擁有的只是時間。我們不但無法累積什麼，從時間的角度來看，生命其實是每分每秒都在變少的。

因此，如果不能按照自己喜歡的想法淋漓盡致地活下去，用所剩有限的時間，去累積倉庫裡面不屬於自己的一切，又有什麼意思呢？

或許因為這些經驗，往後當我面對「內在價值」與「外在價值」的衝突，只要想起和這四、五百個臨終病人相處的點點滴滴，我總是能夠鼓起勇氣去選擇自己想要的。

把生命當成目的本身，而不是達成目的的手段

「這大概就是我從這些病人身上學到，最珍貴的事了，」我說：「你用什麼價值去衡量你的人生，決定了將來你會變成一個什麼樣的人。」

兒子點點頭。沉默了一會兒，他又問：「照你這樣說，我可不可以先追求財富、名氣、權勢，等到有了一定的基礎之後，再來追求你所謂的內在的價值？」

「在我看來，如果你從自己內在的價值或召喚出發，只要夠努力，將來你還是很可能一樣擁有財富、名氣、權勢。但如果從追求財富、名氣、

權勢出發，你只會離自己內在的價值或召喚越來越遙遠。」

「是嗎？」

「這個世界上，許多偉大而成功的作家、藝術家、政治家、創業者、科學家、建築師……，都是從呼應自己內在的召喚開始的啊。只要在一個領域嶄露頭角，財富、名氣、權勢通常都會追隨而至。但弔詭的是，如果一開始你想的是財富、名氣、權勢……這對你在那個領域的成功，幫助並不大。我這樣說，你能明白嗎？」

「我大概可以理解。所以，」兒子說：「你覺得追求財富、名氣以及權勢這些外在的價值是不應該的囉？」

「財富、名氣、權勢本身不是壞事。但重點是你把這些東西當成是『目的』或『手段』？」

「『目的』和『手段』的差別是什麼？」

「當你把對財富、名氣或權勢的追求當成目的時，你的生命變成為了這個目的而存在的手段，你的生命就不是自己的主人了，對不對？」

他想了想。「嗯，沒錯。」

「反過來，如果你的生命有更重要的內在價值和理想時，擁有財富、名氣、權勢，變成了可以幫你的生命實現這些理想的手段。這樣的話，擁有這些就是很好的事情了，對不對？」

他點點頭。

「所以，德國哲學家康德才會說：要把生命當成目的本身，而不是達成目的的手段。」

兒子找出了紙和筆。「你可不可以再說一遍。」

於是我又把康德的話重複了一遍。

就在兒子低頭抄寫這段話時，我忽然想起了朋友孩子的矛盾。我心裡想著，有機會，一定要把這些故事與對話和他分享。

2. 興趣可以當飯吃嗎？

「請問侯大哥，你覺得興趣是自己跑出來的，還是需要靠自己努力去發覺呢？我要怎麼樣才能知道我的興趣，到底有沒有發展成專業的前途（或錢途）——就像你那樣？」

這是在一次的座談會上，現場的讀者提出來的問題。

寫作當然是我的興趣，但是我的「天賦」顯耀的程度，無非也就是小學寫的作文被貼到佈告欄、投稿《國語日報》、兒童雜誌被刊登足以「自我感覺」良好的等級。固然我的國小老師對我的作文能力讚賞有加，不但給我極大的鼓勵，還指派我代表學校參加縣市地區作文比賽，但我並沒有如老師所預期的抱回獎項。

因此，在我醫學系到四年級之前，我從來沒有想過——或者說，根本想像不到，這個興趣會變成一生最重要的事業。

至於這件事怎麼開始的，應該從一張電影票說起吧。

”如果生活是個抽屜……

那是大一時，台北剛開始辦國際影展沒有多久。我有個學長買了電影票時間衝突，問我要不要去看。我一看片名是《傻瓜入獄記》（Take the Money and Run），心想應該是喜劇，於是接過電影票，開開心心就去看免費的電影了。

在高中之前，我並沒有太多的機會看電影。對我來說，所謂好看的電影的印象，大概僅止於《羅馬假期》、《亂世佳人》這類的好萊塢電影。《傻瓜入獄記》是導演伍迪．艾倫（Woody Allen）早期自編自導，一部既自諷又質疑人生的作品。那天散場時，我坐在電影院裡，震撼得簡直不知道該說什麼才好——從來不知道電影可以有這麼豐富、深刻的表達方式。我想盡辦法去看我能找到所有伍迪．艾倫執導的電影。在那之後，我又接觸到了許多當代一流導演的電影。這些電影，開啟了我一個全新、目不暇給的世界。我漸漸變成一個標準的「影癡」。我記得當時只要碰到假日，我總是排滿了一整天的電影行程，一場趕過著一場。

至於學校的通識課程，憑著一點小聰明，外加臨時抱佛腳，成績平平順順地也就過關了。到了二年級下學期，進入基礎醫學課程，功課壓力漸漸變重了。我陶醉在電影世界中渾然不覺，等到接到期中考成績單時，看見上面許多在及格邊緣擺盪的分數，才發現大事不妙。

有個過去一起看電影，現在已經決心「戒掉電影」的學長對我說：

「我勸你別再看電影了，要全心全意應付課業啊。否則，一旦有一科被當，接下來就是一連串的重修、擋修。往後每一學期的課程本身已經都不輕鬆了，萬一將來重修，只會更加苦不堪言。你好好想想吧，別像我這樣悔不當初啊。」

我的學長出於善意的諄諄教誨完全無可否認。一邊是「醫師」的現實世界，一邊是「電影」的想像世界，這兩個截然不同世界之間的衝突，在我的內心越來越激烈。當時我談了一段「被分手」的戀愛，經常情緒低落。情緒低落時，乏味的基礎醫學自然更唸不下去了，只好擱下書本去看電影。隨著光影裡面的世界越迷人、深刻，我就感到光影外面的人生淺薄、無趣。這樣想時，我越發無法專注K書，無法專注K書又逼得我去看電影，生活與情緒就這樣變成了無可自拔的惡性循環……

為了克制自己不掉入這個惡性循環，不看電影、又無法專注讀書的時候，我就開始整理東西。有一天整理抽屜時，我忽然想通了一件事——與其把不要的東西一件一件從抽屜挑出來，不如把所有的東西都倒出來，再把非要不可的東西放進去就可以了。

整理完了抽屜之後，我感到快意暢然——原來整理一個抽屜最需要的不是耐心，而是決心。我開始用同樣的想法來審視自己的生活，開始問自己，如果生活也是個抽屜的話，什麼是非要不可的？

我找出一張紙，在上面寫著：

1. 吃飯、睡覺。
2. 讀書、考試。

看著空蕩蕩的一張紙上面的幾個字，無可抑遏地我開始回顧過去的人生。回顧完之後，我有點悲哀地發現，如果要把我有限二十幾年的人生也做個簡單的總結的話，我所經歷的人生，和這張內容空蕩的白紙，基本上是很接近的。

一種自怨自艾的情緒，烏雲似的聚攏過來。

我繼而又想，這樣的人生繼續再過下去，我會得到什麼呢？

一個體面的工作？體面的車子、房子？然後呢？體面女朋友，體面的婚禮、體面的妻子、兒子，外加體面的朋友，也許。然後呢？體面的老去、體面的死亡、體面的棺木、喪禮。然後呢？也許還有體面的朋友會在喪禮上致辭，說我是一個多麼好的人。

就算我真的很幸運，都做到了這些，我的人生，總結起來，跟這張空蕩蕩的白紙，還是沒有什麼兩樣的，不是嗎？

或許就因為那麼一點點的不甘心吧。我在那張白紙上面，又寫下了幾個字。於是那張內容空蕩的白紙，變成了：

1. 吃飯、睡覺。
2. 讀書、考試。
3. 電影。

就這樣，我不但沒有停掉電影，反而變本加厲地看電影。

當時，吃飯、睡覺是為了唸書、準備考試。唸書、準備考試，是為了有時間看電影。看電影，又是為了讓自己心甘情願地吃飯、睡覺，繼續唸書、準備考試，節省更多的時間看電影……

當時我每看過一部電影，就會在筆記本上，簡單地記錄下電影的基本資料，以及自己的觀影心得。經過了大三、大四，我順利地通過了基礎醫學的洗禮與考驗。做為一個醫學生，這本來就是分內事，沒什麼好多說的。但最令我驚訝的是，在那一、兩年中，我算了算筆記簿，每一年我都看了三百多部電影。

聆聽你內心的召喚

從某個角度來說，電影為我打開了視野、豐富了思考、強化了我的敘事能力，如果不是這樣的經驗，我顯然不可能擁有成為一個作家的基礎和條件。

但當時的我，並不知道那個選擇對我所代表的意義。

J.K.羅琳在二〇〇八年哈佛大學的畢業典禮致辭中曾經說過：

他們（羅琳的父母）希望我唸一個實用的學位；我希望讀英語文學。

後來妥協的結果——回過頭來看這個妥協，其實誰也不滿意——是，學外語[1]（Modern language）。父母的汽車離開還沒有轉過街角，我就把德語主修換成了古典文學。我忘了是否曾經告訴過我的父母我唸了古典文學[2]（Classics），他們可能一直到了參加我畢業典禮的那一天才第一次知道這件事。在這個星球上所有的科目裡，我想，在憧憬擁有一間豪華浴室時，他們很難找到一個比希臘神話更沒用的科目了。

我記得曾經有人聽到這場演講的錄影之後對我說：原來J．K．羅琳在大學時代主修古典文學，還研讀過希臘神話學，難怪後來她會寫出《哈利波特》這樣的小說。

對於J．K．羅琳的這段話，經歷過類似歷程的我，感觸是截然不同的。

如果問大家：「因為J．K．羅琳知道她將來會寫《哈利波特》，所以選

1. Modern Language，一般是對外國語言的統稱。
2. Classics，主要是學習古希臘、古羅馬的文學、藝術、歷史、語言等。

擇了古典文學，這樣的推論合不合理？」大家一定說不合理。

同樣的，如果問大家：「因為我知道將來會變成一個作家，所以大三、大四時一年看了三、四百部電影。這樣的推論合不合理？」大家一定也說不合理。

可是，反過來，大家卻常問我：「當一個興趣出現時，你怎麼知道它有沒有前（錢）途？」或者，「我是不是應該先看到前（錢）途，再下定決心投入時間與資源呢？」老實說，我也覺得這樣的問題一點也不合理。

關於興趣有沒有前（錢）途，根據我的經驗，事實是：你根本不可能知道。

當我瘋狂地一年看三、四百部電影時，我根本沒想過，有一天，我會變成一個作家，更不知道這樣的興趣會帶來什麼樣的前（錢）途。不只我不知道，J．K．羅琳不知道，所有後來把興趣發展成事業的人，在那個當下，都不可能看見前（錢）途到底在哪裡的。

對許多人來說，因為看不到，所以恐懼、猶豫。因為恐懼、猶豫，所以關於前（錢）途這些現實的聲音會變得巨大、嘈雜，也因為這樣，你越來越不容易聽見發自內心那個隱晦而模糊的召喚。

但話又說回來，如果不是每年看了三百多部電影，我根本不會興起了想當導演的念頭。如果不是因為這個念頭被家人阻止，我也不會退而求其次，開始在校刊發表作品、更不會參加文學獎，以及因緣際會遇見後來許多人、許多事，讓我變成了一個作家。

「停止看電影」或「繼續看電影」？當年那個看似無關緊要的選擇——很久之後重新回顧時，我驚心動魄地發現它不只是選擇——更精確地說，它所代表的，其實是在那個選擇之後兩條截然不同的遭遇與命運。

在當時，身在其中的人是不可能看見這些的。在那個當下，能帶領你走到目的地的，只有內心那個隱晦而模糊的召喚。

這是你唯一的憑藉與依靠，你得聆聽他、相信他，緊緊跟隨。

再也沒有比這個更重要的關鍵了。

”

更重要的是，相信自己

聽我這樣說之後，有一個讀者忍不住舉手，站起來問：

「萬一投入時間與資源之後，沒有得到前途或錢途，豈不是虧很大嗎？」

就以一場棒球賽中的高飛球當作例子好了。當高飛球被擊出時，一個防守的外野手，如何去接住這個球呢？

傳統的電腦式思維是這樣的：

先衡量所有相關的變數（球與球棒之間的作用反作用力、地吸引力、風向、摩擦係數……），精確地計算出高飛球落地的位置和時間。接下來，我們只要設法讓手套在球落地前與球在同樣的時間、空間重疊，就可以接住球了。

從傳統電腦運算的角度來看，這或許是理所當然的事情。但如果把這樣的運算方式放到人腦上，事情可能就沒有這麼順利了。為什麼呢？因為當球被擊出那一剎那，一個外野手根本無法在短時間內分析出這麼多的資訊。就算他有這些資訊，以人腦的運算速度，要在高飛球落地之前，計算出準確的落點，並且及時地移動到那個位置，接到球，根本是不可能的事情。

同樣的，要求一個孩子，在對自己內在缺乏瞭解、對外缺乏認識的前提下，就為自己訂下一個明確的「志願」（落點），並且全力衝刺，這就和在球被擊中的那一剎那，要求外野手算出高飛球的落點，並在精確的時間移動到落點接住球是一樣的不合邏輯。

是吧？

儘管不合理，但一代又一代，我們似乎都用著同樣的思維邏輯要求小孩子寫像是〈我的志願〉這樣的作文，很少有人懷疑。

既然如此，外野手是怎麼接到球呢？事實上，只要仔細觀察一個有經驗的外野手接高飛球的過程，其實不難理解這個完全不同的思維。

當高飛球被擊出後，一個有經驗的外野手立刻會依照他感受到的訊息——擊球聲音的大小，球起飛的方向、弧度、速度，當下形成一種「判斷」，並且往他所判斷的方向奔跑。在移動的過程中，他盯著越飛越高的球，隨著球的方向、力道，邊奔跑邊調整方向、速度。隨著球越過最高點開始往下掉落時，這個外野手不斷縮短和球之間的距離。他繼續移動，越來越靠近落點，最後，終於在球落地之前抵達了那個位置，接到了球。

因為外野手無法計算出球的落點，因此一開始他所能追隨的只有他的內心的直覺和判斷。這和追隨「內在召喚」的思維是很接近的。

儘管看不見前途或錢途，但一個追隨內在召喚的人，卻能依據內在模糊的直覺和判斷，努力地去實踐（**奔跑**）。在實踐的過程中，靠著與外在環境的磨合，一步一步地調整方向，不斷地縮短內在召喚與現實之間的差距（**靠近落點**），落實那個興趣，直到它變成一個可行，甚至是有前途、錢途的工作（**接到了球**）。

所以，「如果看不到前（錢）途，我為什麼要投入？」或者「萬一投入時間與資源之後，到最後失敗了，豈不是虧很大嗎？」，這類的焦慮當然完全可以理解。

但如果我們理解了呼應「內在召喚」需要的思維更接近外野手接球的話，我們或許就不難明白，這樣的焦慮，對於這件事一點幫助也沒有。

因為，一個有經驗的外野手面對高飛球被擊出的那一剎那，當他往前奔跑時，他的心裡想到的絕對不會是：

「如果現在算不出球的落點，我為什麼要奔跑？」更不是，「如果我跑了半天，結果沒有接到球，那我不是很虧嗎？」

面對同樣的情境，大部分在自己的人生中忍不住會有的擔心、焦慮，為什麼在一個有經驗的外野手身上不會出現呢？

答案其實一點也不困難。

因為外野手用了一個合理的模式來思考這樣的情境。更重要的，他們相信那個從內心發出的直覺，也相信他們自己一定能夠接到球。

”讓自己歡喜自在地走下去

「照你這麼說，」還是剛剛那個聽眾，「外野手一定接得到高飛球嗎？他總有漏接的時候吧？萬一呼應內在召喚的結果是這樣，該怎麼面對？」

作為一個外野手，漏接當然是在所難免的事情。同樣的，呼應內在召喚也不保證一定成功。但你不能因為一次漏接，就否定了這個外野手。同樣的，眼前的失敗也不能否定你曾有過的努力。只要你還年輕，只要你還聽得見自己內在的召喚的聲音，你就還站在屬於自己人生的球場上。

更何況，根據過去的許多經驗，從內在召喚微弱的聲音，一直發展到成為有前（錢）途的事業，興趣本身很少是不經過轉化、改變的。

就像賈伯斯休學的時候去旁聽Serif與Sanserif字體的書法課，後來卻變成了電腦螢幕上漂亮的字體。

就像J.K.羅琳的希臘神話，後來變成了《哈利波特》。

就像我的「看電影」夢，變成了寫作……

如果幾十年之後，賈伯斯的書法一成不變的還是書法，J.K.羅琳的希臘神話還是希臘神話，我的「看電影」還是「看電影」，後來我們人生中的前途或錢途，可能出現嗎？

真正去追究的話，在呼應內在召喚的過程之中，如果不是在現實中遭遇了挫折，就不會有這些磨合與轉化。沒有這些轉化，也就沒有適應，當然，也就沒有後來的成果。

從這個角度來看，挫折其實是現實所能帶給我們最好的禮物，我們要打開自己的心胸，欣然接受才是。

不過話又說回來，正因為需要經過種種和現實的磨合、調適，又無法預期終點到底在哪裡，「呼應內在召喚」的過程其實更接近一場馬拉松長跑，因應這樣的過程，從一開始，就必須有一種能夠長期走下去——或者，更進一步說，讓自己能夠「歡喜自在」的準備。

很多人宣揚一種破釜沉舟、義無反顧的心態，激昂地和現實悲情對抗。這樣的心態當然令人敬佩，不過，用這樣的策略去面對一場不知終點在何處的長跑，就如同用跑百米的速度去跑馬拉松是一樣危險的。萬一成果無法在短期之內實現，後繼的資源、體力消耗殆盡，反而挫折了個人的決心以及自信。

因此，把目光放遠——假如這是一件需要做五年、十年，甚至是更久的事情，用什麼樣的資源、或者什麼樣的風險，是你可以歡喜自在地承受的？有了這樣資源配置的基礎，你才能從容、無後顧之憂，全力以赴地去追隨、呼應內在的召喚。

不但如此，你還要保持著內在召喚最初開始出現時，所帶給你的渴望、好奇。

如果你想成為一個作家，千萬不要天天拿自己的作品和像J．K．羅琳、昆德拉、或村上春樹這些成功的大作家比較。如果你想成為一個籃球選手，更不要天天拿自己的球技和LeBron James或Kobe Bryant這些ＮＢＡ高手比較……這只會讓你感到挫折。在這條路上，真正能夠推動你的力量，是對這件事自然而然的嚮往與渴望。這和過去的人生督促你追求外在的勝利，追求別人目光中的榮耀、責任……是很不一樣的。

就像是一場不知道目的地在哪裡的旅行。儘管不知道目的在哪裡，但因為抵達的每一個景點、途中認識的每一個人，都是未曾經歷的，因此樣樣新鮮。像個渴望郊遊的小學生似的，永遠不知道明天會發生什麼的期待、驚喜。

千萬不要失去這種渴望的心情。少了這樣的心情，這個內在的召喚就不再是內在的召喚了。

如果可以的話，甚至不要有非成功不可的期待。

我這樣說，並不是要大家不用努力了。既然追求的是自己內在的召喚，當然無時不刻應該全力以赴。但話又說回來了，盡力而為之後，事情的結果，其實是我們無法控制的。試圖去掌握那些我們無法控制的成敗，反而只會讓我們失去那種歡喜的心情。

換個角度想，如果未來不存在「一定成功」的保證，很務實地想——我是不是不應該把一切寄望都放在哪個成果之上——而是，在做這些事情的當下，就應體會到這個過程本身的快樂。

跑馬拉松長跑的時候，與其期待終點的歡呼、名次，還不如當下就享受那個路途中喘氣、流汗的快感；當醫師的時候，與其期待未來的前（錢）途，還不如當下就享受因為自己的努力，病人的病情獲得改善的成就感。同樣的，寫作的時候，與其期待出版之後的收入或掌聲，還不如當下就享受那個從無到有的創意……

從外在的角度來看，任何的努力，當然都可能成功、也可能失敗。但從生命的角度來看，一個一直歡歡喜喜地呼應自己內在召喚的人，他是不可能有任何損失的，不是嗎？

關於興趣可以當飯吃嗎這件事，我想說的就是這些了。

3. 那條叫雷德厚森的短褲

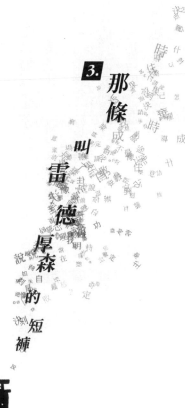

假如注定是失敗……

清理書櫃的時候，意外翻出了村上春樹早年的短篇小說集《迴轉木馬的終端》，重讀了其中一篇叫〈雷德厚森〉的小說。

這篇故事二十幾年前初讀時，感觸並沒有太多。這次重讀，倒想起了一封還在我的官方社群網站郵箱裡，不知該怎麼回應的信件。

事實上，那是同一個讀者寫給我的第二封信了。之前第一封信，也是透過社群網站郵箱寄來的。在第一封信裡，這位讀者問我：

挑戰困難的時候，如果一再失敗，你會繼續堅持下去嗎？特別是筋疲力盡，當你完全不確定最後的結果到底會是成功還是失敗，你怎麼知道該堅持、還是放棄才好呢？

讀完問題，我直接想起的就是自己的工作狀態——我大部分的作品一開始寫時，離滿意的狀態通常很遙遠。不但如此，在完成之前，通常也總是一再失敗、一再修改，很多時候甚至一點希望也看不見……想起來，大部分時間我的工作面對的都是這樣的挫折，至於作品終於順利完成了的時刻，實在是極其有限的瞬間。

我曾經讀過一篇叫做J型曲線的報導。所謂的J型曲線，指的是當學習者努力掙扎去克服一個新挑戰時，他的技能在剛開始通常會呈現下滑的曲線，一旦通過這些最低點之後，表現就會屢創新高。就像字母J一樣。

老實說，我不太知道寫稿是不是也是這樣。但是我總會把不順利理所當然地想像成「J」字的最低點一樣，當成是必然過程。或許是因為這樣的工作屬性，就算一再失敗，通常我是會繼續堅持下去的——否則，我大部分的作品根本沒有機會完成。

不過，就在我拉出鍵盤，準備站在「堅持」的立場寫回信的時候，問題的後半段卻給了這個觀點一記有力的迴旋踢。我開始想：

假如事情最後的結果注定是「失敗」的話，堅持下去，豈不損失更大？既然如此，為什麼不及早放棄、停損呢？

或許因為這個無法招架的推論，讓我停下了這份回信，把拉出來的鍵盤，又推了回去。

讓我們停下來的，是對困難的想像

那時我正在為即將到來的二十一公里半程馬拉松比賽戰戰兢兢地準備中。那之前，我已經開始練習跑步將近十個月了。接下來的訓練重點，在把距離從十到十二公里拉長到二十一公里。

拉長距離意味著「身體」以及「心理」的挑戰，特別是到了最後幾公里的路程，往往是最撞牆，也是最容易放棄的一段路。

有一次，筋疲力竭地跑到最後兩、三公里時，看我顯然已經後繼無力，陪著跑步的教練說：

「從前集訓時，我的教練總是說，優秀的選手總是在最後這幾公里展開攻勢，開始衝刺。因此，最後這幾公里是決定一個選手的成敗，最重要的關鍵。但問題是，你又沒辦法省略前面的路程，只練習最後這兩、三公里。因此，跑到這個階段時，要告訴自己，這是我花了那麼多力氣，好不容易得來最精華、最關鍵的幾公里，一定要好好珍惜啊！」

說也奇怪，經教練這麼一提，那個原本非放棄不可的「痛苦」，現在好像開始有了一點點不同的「意義」。

我一直記得抵達終點時，回頭看著遠方的那個撞牆點，心中有種恍惚的感覺。那些在完成之前，感覺不可能、無可超越的事情，當你終於完成了它，從終點回望時，你又發現，原來困難並沒那麼不可超越。

我開始想，同樣是兩、三公里路程的困難，如果那時候可以巨大到無法抵擋，這時候又可以渺小到微不足道，那麼可以變來變去的困難本身，就是虛幻的。

既然如此，那些讓我們停下來的力量是什麼呢？

想像。對吧？真實存在，讓我們停下來的力量，不是困難，而是我們對困難的想像。

想像中的困難，如何克服呢？

賦予那個困難一個重要的意義。專注在那個意義上，靠著那個意義幫你繼續堅持下去。

就好像當我們告訴自己：「因為是好不容易得來的這幾公里，因此要好好珍惜」時，它給我們帶來了不同的意義，讓我們繼續堅持下去。

好萊塢編劇教父羅伯特·麥基（Robert McKee）曾在《故事的解剖》裡面談到「角色」，他說：

「角色本色」只能從兩難時的選擇看出來。人在壓力下如何抉擇，代表他是怎樣的人——壓力越大，抉擇反映出的本性也越真實而深刻。

把這個我堅信不疑的黃金編劇定義放在人生的困境上，事實也是一樣的。大部分的時間，當我們和別人喝咖啡、吃吃喝喝，甚至是派對狂歡、大談理想……在這些輕鬆時刻，我們不管做了什麼、說了什麼，對於自己「到底是什麼樣的人」並沒有太大的關係。

可是，在某些特別的時刻，我們面臨真正的壓力、兩難——就像跑步最後幾公里時一樣，如果我們理解到，只有在這樣的時刻，我們所作的選擇，才能證明自己「會有一個什麼樣的人生」，我們一定對自己的選擇，有了更深刻的想法。

這是唯一的方法了。

我到底想在生命的舞台扮演什麼樣的角色呢？我期許自己變成一個什麼樣的人呢？我嚮往一個什麼樣的人生呢？

這正是難得值遇的關鍵時刻啊。

每次在困難的情境中，這些想望，總是為我帶來意義和力量，讓我得以面對想像中的困難，繼續堅持下去。

大概是經過了跑步這件事的理解之後，對於這個無法回答的推論我開始有了新的想法。

同樣的距離、人，因為堅持或放棄心態的不同，得到成功與失敗不同的結果——這是因果關係。但是反過來，因為有了「結果注定失敗」的想像或自我暗示，因此放棄——這是完全說不通的因果顛倒。因此，如果有人問：

假如事情最後的結果注定是「失敗」的話，堅持下去，豈不損失更大？既然如此，為什麼不及早放棄、停損呢？

這個問題最大的謬誤之處就在於它倒果為因，把本來的因當成果。原因可以影響結果，但你卻不可能預知結果然後回頭修改原因。因此，如果說「堅持可以導致成功」，「放棄必然失敗」，是合理的因果邏輯，但因為注定的結果，回頭推論應該堅持或放棄，那就是「果因關係」——這樣的關係，在這個世界，並不存在啊。

這個道理很簡單，一點也不複雜，想要得到成功，堅持，當然是唯一的選擇。

失敗了，你有兩種選擇

在回覆完第一封信後，兒子問：「理性上，我同意你說的很有道理，也知道堅持是成功唯一的選擇，可是失敗的時候，情感就是很不能接受，覺得不甘心，心想算了，不跟你玩了。那怎麼辦？」

「可不可以舉個更具體的例子呢？」

「記得上次我跟你打賭，能不能把體脂肪降到百分之十七點五以下嗎？那次我覺得我已經很努力了，可是結果還是輸了錢。我很懊惱，覺得老天很不公平，再也不想跟運動、節食有任何關係了。我覺得這樣好像不太對，可是我的心情就是這樣．我也無可奈何。」

這實在是一個好問題。

我問他：「依照對於結果的態度，這個世界上的人大概可以分成兩種。第一種人的觀點是：事必有因——就算我們看不出來，但它背後有一定的道理。第二種人的觀點則是：事情的結果不一定有什麼道理，成功與失敗只是運氣使然。你覺得你是屬於哪一種人？」

「理智上我當然是第一種人，不過，話又說回來，」他暫停了一下，又說：「情感上我覺得我是第二種人。我很不甘心，覺得我這麼努力卻失敗了，這一點道理也沒有，非常不公平。」

「因為情感認同第二種人的想法，所以你認為這是你運氣不好。既然你努力或不努力一切也沒有什麼差別，所以你就放棄了努力。」

兒子點點頭。

「放棄努力的結果是什麼，你應該很清楚。」停了一下，我又說：「我相信你會問我這個問題，一定是因為這個困擾還存在。困擾之所以繼續存在的理由，是因為你選擇了一個無法解決問題的觀點，這你自己心裡應該很清楚。問題既然沒被解決，就算你不理它，它還是一樣會回來煩你的，不是嗎？」

「那該怎麼辦呢？」

「如果不想在一直走不通的觀點裡面繞圈圈，至少換個方向，換個觀點。這是最起碼的，不是嗎？」

他想了想。「好，假設我相信第一種人的觀點好了。所有的結果，都是有道理的，我覺得我花這麼多時間運動，這麼努力，為什麼結果還是失敗了呢？」

「你說呢？」

「你一定要說是我努力不夠吧？問題是，」他說：「我可是真的花了很多時間做運動啊！」

「好，假設成功地把體脂肪降到百分之十七點五需要的各種努力與條件一共是一百分的話，你花了很多時間做運動，你預估這些努力佔了幾分呢？」

「依照結果來看，我的努力至少應該有七、八十分吧。」

「既然如此，不足的二、三十分，你覺得是什麼呢？」

「熱量的控制。」他說：「雖然運動不少，可是飲食的部分如果可以再節制一點，或許就可以成功了。」

「聽起來如果繼續努力，機會很大啊。」

「還有，我這次真正開始運動，只有一、兩個月的時間，準備的時間太匆促了。如果可以提前準備，我一定能贏你錢。」

「所以，一旦發現也許努力的範圍再大一點，也許時間再久一點，你其實是可以成功的。」

「好像是這樣。」

「當你失敗時，展現在你眼前的，只有兩種選擇：第一種，我這麼努力卻失敗了，真是不公平，不甘心，決定不跟你玩了。第二種是，接受這個結果，想想其中的道理。然後告訴自己，只要我多掌握一些過去沒有掌握的因素，或者用更多的時間、力氣努力，其實我是很接近成功的。沒有別的選擇了。這兩種選擇，你覺得哪一種會讓你心情好一點？會讓你更容易成功一點？」

”放棄，其實比堅持下去更難

第二封信很快來了。這次，問題是這樣的：

堅持繼續做下去的心情我明白，但就像你說的，堅持不一定成功，但放棄必然導致失敗。我還是很好奇，你的人生難道沒有一直堅持，可是卻一直失敗，到了最後，心灰意冷，終於決定放棄了的時刻？如果有的話，在決定放棄的時刻，你是用什麼樣的理由說服自己的？

放棄的時刻，說實話，我人生經歷的也不算少。

但回想起來，因為一直失敗、一直失敗，以至於心灰意冷——因為這樣的理由，導致了自己主動放棄的情況，好像真的很少。

倒不是強調自己有多麼堅強的意志，而是說，放棄的理由可以有許許多多，在這麼多的理由中，「心灰意冷」絕對不是一個好的選項。

也許有人會質疑：放棄還需要什麼理由啊？

當然需要，我心裡想。對我而言，不需要理由的是堅持，而不是放棄。

我就是在那個時候清理書櫃，重新又讀了一次村上春樹的短篇小說〈雷德厚森〉。

〈雷德厚森〉說的是一個五十五歲日本太太單獨去德國旅行時，為老公專程去買「雷德厚森」（Lederhosen，一種德國短褲）為禮物的故事。賣短褲的老店有自己的規矩，老闆堅持顧客必須在現場試穿、調整，才肯出售。幾經交涉，日本太太決定在當地找一個和老公體型接近的德國人試穿，讓老闆把短褲賣給那個德國人，之後日本太太再向德國人買回那件褲子，如此就能兩全其美了。這個想法，當然也說動了老闆，於是，日本太太找來了一個體型和老公接近的模特兒。不過，就在那位德國人穿上雷德厚森，老闆修修改改的三十分鐘左右過程，日本太太下定了決心和老公離婚。

一九九一年我第一次讀這個故事時，連雷德厚森到底長什麼樣子？真有這麼樣的東西，還是村上先生發明的？都模模糊糊的，更別說搞清楚日本太太離婚的真正理由是什麼了。

這次閱讀的時候，我刻意找了一下這方面的蛛絲馬跡，試圖弄清楚日本太太為什麼想離婚。故事隱隱約約只提到太太年輕時曾經為了先生在外頭拈花惹草和先生吵吵鬧鬧，再來就是看到別的男人穿上那條要送給先生的短褲時，「有種無法忍受的厭惡感像泡沫一樣湧上來」、「一種過去在自己體內模糊不清的想法，漸漸成形」。除此之外，找遍整篇小說，似乎沒有太多別的交代了。

照說，如果是先生拈花惹草的緣故，那麼日本太太早在年輕的時候早該離婚了，為什麼忍耐到現在才離婚呢？如果只是因為先生對短褲的品味無法接受，為什麼自己還要買來當禮物送給先生呢？

總之，那是一篇令人費解卻又記憶深刻的作品。或許是這些年的人生經驗、也或許是讀者那封信的緣故，這些因緣際會，再度開啟了我對於這個謎的好奇。

我開始搜尋網頁，在搜尋欄打下了「雷德厚森」這四個字。這一搜尋非同小可，我意外地發現不但真有這樣的德國短褲，而且還有各式各樣不同的樣式。

我下載下來其中一張圖片，試著融入故事的情境，再用日本太太的心情，想像一個體型一樣的德國人穿著這件雷德厚森，再想像那個和她感情已經冷淡的老公穿上這件短褲。

這樣想像時，許多對白浮上我的腦海。諸如：

這麼糟的婚姻——就像先生對這件短褲的品味一樣，明明無法接受，為什麼我還一直說服自己，它是好看的，這是幸福的呢？

或者：

© istockphoto

這麼多年來，穿上這件褲子的老公，如果是另一個男人，我的人生又會怎麼樣呢？

……

類似的內心獨白，當然還可以無窮無盡地繼續編織下去，不過，就在我自我陶醉地想像著時，一種可以和日本太太感同身受的感覺，忽然湧現。

如果人生不是真的非這樣不可的話……

是的，另一種可能的生活——不管已經失去的，或是還沒有得到的。日本太太從來不敢、也沒有想過的，另一種可能的生活，就在那三十分鐘，浮現了上來。

〈雷德厚森〉是一個女人「放棄」了婚姻生活的故事。從某個角度來說，一次又一次的失敗、筋疲力盡，並沒有讓這個太太放棄她的婚姻生活。但一條雷德厚森短褲卻推翻了她人生如果不是非這樣不可的假設，開啟了所有關於「另一種可能」的想像……

大部分的時候，放棄其實是比堅持下去更難的決定。

但看見了「另外一種」或「更好」的可能，因而放棄眼前堅持的事，和因為「失敗」、「挫折」而放棄了堅持，對我來說，是完全不一樣的兩件事。

或許是因為那個一直不知道該如何回應的問題吧，讓我重新又遇見了村上春樹，也想起了在我的人生裡面，曾經經歷過的許多失敗。

那些失敗——有許多來自放棄，當然，也有許多來自堅持。

不管堅持、或放棄，只要生命繼續走下去，事後你總是會發現，比成功或失敗的結果更重要的，或許是那種對自己的人生心安理得，沒有遺憾的感覺。

堅持卻失敗了，結果雖然有點失落，但對於自己的生命卻沒有什麼遺憾。萬一盡力了，無論如何都還是無法成功，非得放棄不可，在所有的理由裡，最能讓我感到安心的，幾乎都是那種關於「更好的可能」的思維。

我找出了那封耽擱了很久的第二封來信，按了回覆。螢幕很快跳到了回覆欄中，輸入了對方抬頭之後，我開始回信。

4. 你怎麼度過低潮時刻？

每次讀你的書時，總感受到一股幽默風趣，笑意盎然的氣氛。想請教侯大哥，當你碰到痛苦、難過的事，你也有心情低潮的時刻嗎？低潮的時刻，你都怎麼度過的？

切換心情的開關

或許是小時候在鄉下長大。因此，聽過很多關於鄉下人的笑話。其中我祖母最喜歡的一個笑話是這樣的：

鄉下人第一次進城，看見城裡有那麼多高樓大廈，興奮地站在大廈前數起樓房來了。

「一、二、三、四、五……」

這時走過來了一個城市人，抓著他的手吆喝：「你在幹什麼？數一層是要十塊錢的，你知道嗎？」

「沒有，我只是看，沒有數。」

「我明明看你在數，你還狡賴。說——你一共數了幾層？」

猶豫了半天，鄉下人吞吞吐吐地說：「我……數了三層。」

「真的？」

「真的。」

鄉下人開始和城市人討價還價，就這麼來來回回，最後終於打八折，以二十四元成交。

鄉下人回到鄉下之後，得意地告訴別人：「我明明數了十三層，卻騙他三層，城市人真笨，還打了八折。」

每次講完這個故事，祖母自己都會笑個半天，還故意問我：

「你覺得鄉下人比較聰明，還是城市人比較聰明？」

「當然是城市人比較聰明。」我想也不想就回答：「鄉下人被騙了。」

這樣的回答，通常會得到一番表揚，以及諸如你真聰明之類的評語。

在那之後，我總是忍不住又想：鄉下人到底是明白，還是不明白自己被騙了得好？

不明白被騙的話，鄉下人不但為自己省了十層樓的錢感到快樂，甚至還會為自己的智商得意洋洋。萬一明白被騙的話，他一定會難過不甘心的。就算鄉下人真的去報警，十之八九，錢應該也追不回來吧。更何況，到警察局去報案，還得花時間做筆錄。把這個時間用來賺錢，被騙的錢或許早就賺回來了吧？

話又說回來，這個問題，倒是給了我一個全新的視野。

小時候學校的考卷常有一種測驗叫「連連看」，像這樣：

香蕉	晴天	獅子
天氣	動物	水果

這個題目的標準答案應該是：

不過，回到鄉下人到底知道或不知道被騙較好時，他的金錢損失和他感受到的情緒就不再是簡單的一對一的連連看了。

這很神奇。在鄉下人損失的金錢，和他的感受之間，竟然經過一道類似開關切換的機制，既可以連到「難過不甘心」，也可以連到「得意洋洋」兩種完全相反的感覺。這樣一想，我忽然明白，「金錢損失」忽然變得沒有那麼重要了。

重點是那個「開關切換」。

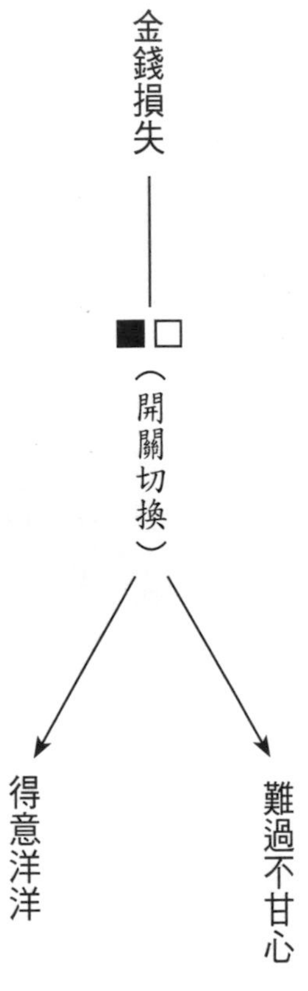

我隱約可以感覺到那個「開關」的存在，但那個開關到底是怎麼一回事、怎麼操作，在當時，實在遠超出我小小的腦袋所能理解的範圍。直到有一次，我搭爸爸的機車摔倒了……

那一次，我坐在地上，痛得放聲大叫：「哎呀，我的皮，我的皮破了。」沒想到爸爸才瞥了一眼，就自顧自扶起他的機車，認真地上上下下檢查。我從地上站起來，生氣地說：「你不問我有沒有事，只顧檢查機車。」

「你的皮擦傷了自己會好，」爸爸笑了笑，「機車擦傷的話，板金少說要花一百塊。」

我大聲抗議說：「天下哪有這麼沒良心的爸爸？」

爸爸自顧自檢查機車，根本不理我。半天，才抬起頭得意地說：「沒事。今天至少賺了一百塊了。走，我請你吃冰。」

「真的？」我簡直破涕為笑。小時候家裡很節省，這種天上掉下來的好事從來沒有發生過。

「當然是真的。」

我的心情大好，十分鐘不到，我已經和爸爸坐在夜市的攤位吃冰了。一邊吃著冰，我一邊想著，如果擦傷的是機車的皮，我應該沒機會坐在這裡吃冰了。今天真是因禍得福啊。

儘管事實仍然還是事實，可是很神奇地，當我這樣想時，傷口似乎沒那麼痛了。不但這樣，我竟然還告訴自己：

「幸好擦傷的只是自己的皮。」

回想起來，那是我頭一次，清晰地感受到了那個開關的存在到底是怎麼一回事。我的爸爸用了完全不同的眼光，讓我看到，原來我可以用不同的觀點去切換這個開關。因為這個開關切換了，心情也變得不一樣了。

用連連看的圖來表示的話，我當時的領會應該是這樣的：

機車摔倒（情境）

告訴自己：皮破了，痛、虧了 關 ⟶ 痛苦

⬅（看法）

告訴自己：機車沒刮傷，賺了 開 ⟶ 快樂

從這個圖看來，「情緒」對應的不是「發生的事」，而是對於發生的事的「看法」。當我們用負面的角度看待時，我們感到難過。當我們用正面的角度看待時，我們感到快樂。

這也就是說，快樂或痛苦，與其說決定於發生了什麼事，還不如說，更重要的關鍵還在於我們對事情的「看法」。很多時候，我們無法左右發

生的事，但卻可以改變自己對事情的看法。這個能夠改變、切換的「看法」，顯然就是「開關」之所在。

「看見」的能力

我很喜歡的小說《小王子》在一開頭就說了一個很有趣的故事。故事的敘述者，畫了一張蟒蛇吞象的圖：

我把我的這幅傑作拿給大人看，我問他們我的畫是不是叫他們害怕。他們回答我說：「一頂帽子有什麼可怕的？」我畫的不是帽子，是一條巨蟒在消化著一頭大象。於是我又把巨蟒肚子裡的情況畫了出來，以便讓大人們能夠看懂。這些大人總是需要解釋。（聖・修伯里《小王子》）

依照作者的說法，這個世界可以分成兩種人：

第一種是：只能從一種固定的角度看見世界的人。這是所謂「大人」。

第二種是：能從許多不同的角度去看見世界的人。這是所謂的「小孩」。

這很奇怪，既然所有的大人都是小孩變成的，為什麼小孩看得見的東西大人反而看不見呢？

在我看來，大人本來是看得見的，但是因為想法漸漸被財富、權利、名氣、速度、效

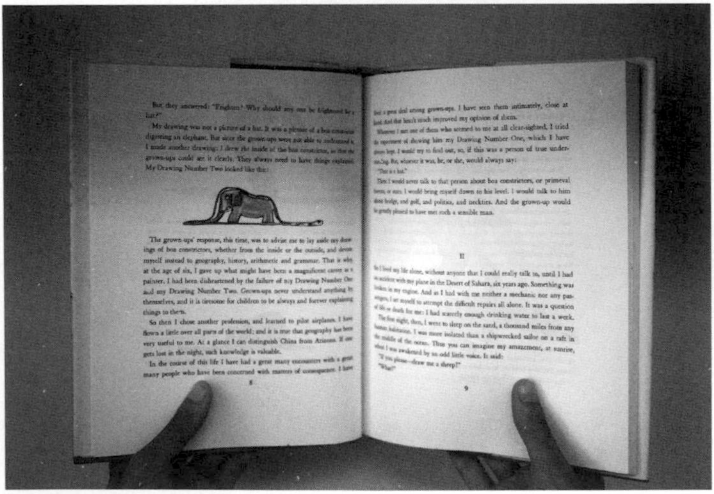

率……等等這個世界上大家追求的東西所吸引，漸漸只看見這些東西——就像兩眼視力不均等時，視力好的眼睛會取代視力不好的眼睛，主導視力一樣，久而久之，大人漸漸就喪失了「看見」的能力。

然而，所謂「看不見」的東西，果真不存在？喪失了「看見」的能力的大人，到底又失去了什麼呢？

有個很久以前聽過的故事是這樣的：

兩個和尚吵架，不可開交。最後兩人決定去請師父評理。師父聽完大師兄的道理之後，笑著對他說：「你對。」二師兄當然也不服氣，隨後也進禪房去見師父。師父聽完了二師兄的道理之後，也笑著對他說：「你對。」

等二師兄離開後。伺候在一旁的小師弟有問題了。「師父，」他問：「既然大師兄對了，二師兄就錯了。二師兄對了，大師兄就錯了。怎麼可能大師兄對，二師兄也對呢？」

師父聽完笑了笑，對小師弟說：「你也對。」

很明顯的，故事中的三個徒弟和《小王子》中的「大人」一樣——都只能從一個固定的角度去看世界。因為看世界角度狹隘，因此看不到其他人眼中的世界。當大家都堅持自己看到的世界是唯一的真理，並且不惜一切代價捍衛真理時，衝突、紛爭自然也就在所難免了。

年輕時第一次聽到這個故事時，完全無法體會，覺得師父這種心態完全「是非不明」、「黑白不分」。我心想：這麼迂腐的師父誰不會當？但慢慢長大，經歷了一些事情之後，才發現這樣的想法其實是自己年少輕狂。

弟子們只看到自己眼中的真理，師父看見的卻是：每個人因為立場不同，看世界的角度也就不同。因為背景不同，對於事情所做的價值判斷也就不同。

這樣的理解，與其說是「是非、黑白不分」，還不如說是對「是非」、「黑白」更透徹的體悟。也因為有了將心比心的理解，人與人之間的衝突出現了溝通與化解的可能。

回到情緒的困境，情況也是一樣的。心情不好——和所謂的「大人」、或者「徒弟」的紛爭很接近。因為習慣從一種固定的角度認知世界，因此只能認定自己擁有的情緒，是獨一無二的真理。在看不到其他選擇的情況下，自然也沒有可以切換情緒的開關了。

噁心的口水與浪漫的口水

我曾經看過一個日本的綜藝競賽節目，競賽的內容是比「誰最噁心」？這個節目經過重重淘汰，最後勝出的冠軍，他的做法是：用杯子搜集現場的觀眾的口水，然後把大家的口水喝下去。每次跟別人提起這個節目，大家的反應不外乎：好可怕、想起來就想吐、完全無法接受、噁心死了……

因此，如果有人在你面前吐了一口痰，我們一定立刻皺起眉頭。萬一這口痰還吐在你的臉上，那麼我們本能的反應可能就是出拳揍人……

因為口水對應我們心中的看法，無非就是「髒」、「不衛生」，因此碰到了這樣的事情，這些情緒反應大概在所難免吧。但話又說回來，這就是唯一的看法、唯一的反應了嗎？

有一次看偶像劇時，當男女主角在螢光幕前濕吻時，聽見周遭的人興奮地叫著，好浪漫、好閃光、好感動……時，我的腦袋立刻湧上了一拖拉庫問題。

既然「口水」是全世界最髒、最噁心的事情之一，為什麼男女主角接吻時，口水變得浪漫了呢？

這樣問，一定立刻有人回答：重點要看那是誰的口水。噁心的是陌生人的口水，美好的是愛人的口水。

但陌生人一夜之間可以變成愛人，愛人也可以反目成仇變成陌生人。噁心可以變成美好，美好也可以變成噁心，一切都只在一念之間，不是嗎？

從這個角度來看，真正的主體是我們的一念之間。一念之間之後所對應的，不管是愛人、陌生人的認知，以及跟隨而來美好、噁心的情緒，都只是像影子一樣的附屬於這一念之間。

想不清楚這個道理的人深陷在某種情緒中無法自拔。他們總是把情緒當成一種「主動」的形體似的，試圖直接去改變它。像是：失戀的時候去K歌、看電影、大吃大喝；或者，失敗的時候和朋友去喝酒、飆車，甚至大吼大叫、怪罪別人、找人吵架……試圖改變情緒。

就像試圖直接移動影子一樣，大部分的時候，這些作為是徒勞無功的。

還有人告訴自己說，我太痛苦了，痛苦到我完全沒有能量去改變我的念頭。這樣的說法就好像聽見有人說：「我的身體被影子綁架了，我完全動彈不得。」那麼地令人完全無法理解。

事實上，主動的是我們的一念之間，被動的是認知、情緒。就像形體之於影子一樣。只要用自己一念之間的力量，我們就可以改變我們的認知。只要認知改變了，情緒自然也就隨著轉變了——

一切就像只要移動了形體，影子也就跟著移動那麼簡單、容易。

分手失戀傷心欲絕時，與其整天數落、抱怨對方的種種不是，覺得自己被傷害了，或許應該跳脫出這個情境，從不同的角度去想一想：在對方眼中，我應該也有不少問題吧？如果兩個人實在不合適，分手未嘗不是一件好事吧？

或者，覺得自己在這段戀情中虛度了青春、浪費了歲月，怨恨對方、後悔不已時，也許也可以跳脫這個情境，試圖想想：與其浪費更多的時間抱怨對方，為什麼不利用往後的歲月中，好好善待自己？

當開始有了這樣的想法時，在關的這頭，相對的那個開的選擇就出現了。隨著時間流轉，選擇關或開，完全不同的後果，其實是完全可以預見的。

選擇關的這頭，我們繼續心存怨懟。這樣的心緒不斷放大的結果是，我們無可抑遏地又做出種種傷害對方，甚至，傷害自己的事情。

第一次是別人傷害了我們，這已經很值得傷心了，但是第二次，我們卻又因為這個原因，再度傷害了自己。而且第二次，我們自己給自己的傷害往往比第一次別人給我們的傷害更加嚴重。只是，我們並不責怪自己，反而把所有的傷害的責任，都算到對方頭上，更加怨恨對方。

第一次的傷害，也許有它無可避免的因緣際會，但第二次的痛苦、傷害，我們有機會、也有能力阻止它，但卻被我們放任了。於是，它就像個癌細胞似的，不受控制地繼續循環、放大下去……

選擇開的這頭，我們開始停下這個怨懟，因為被傷害了，因此我們想望平靜、美好的生活。為了這樣的想望，我們開始新的學習、認識新的朋友、感受新的價值。我們在那樣不同的價值中，感受愛、感受溫柔。第一次的痛苦曾經傷害了我們，可是當我們選擇了善待自己，用更好的人生來彌補自己時，我們不但開始恢復，並且變得更善感、更溫柔，也更有能力去愛別人。

因為變成了一個對自己更好的人，我們懂得感恩過去，也更願意為別人付出。就像莎士比亞說過的：凡是過去，皆為序章。於是，第一次的傷害只是故事的開場，我們從那個開場，開始了一段美好生命的第一章。

成績不如預期時，與其感到灰心挫折，覺得自己尊嚴掃地、一無是處時，或許更應該想一想：如果可以從這次的不如意中看到真正的問題，並且吸取教訓、彌補不足，這樣，這次的失敗豈不值回票價嗎？

在關的這頭，我們繼續自暴自棄，一方面不想回到書桌前讀書，另一方面也開始自我懷疑，覺得自己根本不是讀書的料。這樣的結果當然導致我們得到越來越差的成績，繼續惡性循環……

在開的這頭，我們決定用更好的成績來回報自己失敗的挫折。於是，我們開始訂正考卷上的錯誤，並且回顧，這樣的錯誤，到底是來自我們不知道有這樣的觀念？或有這樣的觀念，卻不熟悉操作？或者有觀念、也熟悉操作，卻在過程之中，粗心大意？我們找出所有問題的根源，重整旗鼓，訂立新的計畫……

就像這樣，不斷地在我們一念之間的認知，找尋那個幫我們跳脫出現在情緒的開與關，面對它，用心地推論。不管發生了多麼痛苦、傷心的事情，除非我們願意，否則，沒有什麼真的能夠傷害我們。你必須相信，你的一念之間可以是你命運的主宰。用這樣的心念，面對開與關的後果，反覆地想像、思考。

然後，啪的一聲，你做了那個開的選擇。

於是，就像打開室內的燈光開關一樣簡單，你看見自己在幽暗中的生命，亮了起來。

多一點別人，少一點自己

有人問：如果我沒有那麼聰明，無論如何，我都找不到那個打開燈光的開關，怎麼辦？

我再說一個故事：

過去，因為某些機緣，我一直有機會不定期到一家育幼院去看看孩子，並且捐款資助小孩的學費。有一次，育幼院的神父打了一個電話告訴我，提到一個接受資助的女孩的狀況。神父說她很乖巧、也很優秀，也很喜歡我的書，可是這學期的心情很不穩定，成績也隨著上上下下，好的時候可以名列前三名，不好時，也可以掉到班上最後三名。神父很關心這個女孩，因此，希望我能找機會和她談一談。

在神父的安排下，我和孩子見面了。我們先繞著一些生活瑣事話家常，接著我問她的志向、對未來的打算，等氣氛漸漸熱絡之後，我才切入主題，問她：

「聽神父說，妳在班上的成績上上下下，很不穩定？」

她聽我說完，忽然安靜了下來，不再說話。

「心情不好？」我問。

她沉默了一會兒，才對我說：「我不曉得為什麼讀書，為誰讀書？」

「可是妳也知道，有那麼多人幫助妳，這些幫助妳的人，都很關心妳。」

我說。

「可是我不想被幫助，你們根本不需要我的回報。有時候我覺得很茫然，我覺得自己一點用處都沒有……」

淚水沿著她的臉頰滑落下來。我把衛生紙遞給她。

看著她擦淚水，我漸漸有點明白了她的煩惱。等她擦乾淚水，我說：

「你可以回報我們。」

她抬起頭，好奇地看著我。

「妳知道像我這樣關心妳、資助妳的人，最大的期待是什麼嗎？」

她搖搖頭。

「我們希望妳能好好長大。將來有一天，妳變成了一個更有能力的人時，妳可以影響更多的人，替我們幫助更多的人。」我說。

她沉默地看著我，眼神露出了一種很奇特的光芒。

「我在想，妳能為了這個目的，好好用功讀書，為自己努力？」我問。

「可以，」她對我點點頭說：「我會努力的。」

在那次談話之後，神父告訴我，孩子似乎想通一些事情，心情變得穩定多了。去年夏天，再和孩子一起吃飯時，她已經考上大學，變成一個開心、活潑的新鮮人了。她告訴我，她將來想要從事社工的工作，幫助其他許多像她一樣的孩子。看見孩子的轉變，我當然覺得很開心。但在開心之餘，我卻開始思考一件很有趣的事。

一個接受別人捐款幫助的孩子，並沒有因為從別人那裡得到資源而感到快樂。反過來，讓她擺脫痛苦，給她帶來奮鬥的力量，卻是因為她想要

「幫助別人」的承諾。

我們總是把「得到」、或者是「擁有」當成快樂唯一的根源，並且用這個來衡量自己人生的成功與失敗，卻很少想過，這樣的想法，其實是有極限的。

這個小女孩給了我一個不同的啟發。

事實上，當「得到」、或「擁有」不再能滿足我們時，能為別人「付出」什麼，反而提供了一線解決問題的曙光。

我一個朋友的母親因為父親過世，傷心哀痛不能自已。朋友試圖帶母親去吃飯、旅行，但效果都很有限。後來有位法師告訴朋友的母親，抄寫佛經可以得到功德，並且迴向給往生的父親。朋友的母親只要身體情況許可，每天都會抄寫佛經。朋友告訴我，她的母親從這個過程中，得到了一種讓自己停止悲傷的力量，安定的力量。

還有一個朋友，因為孩子血癌過世了。在哀傷之餘，她決定每個月靠著自己去勸募來的資源，每個月花一天的時間，到孩子過世的兒童病房去陪著那兒的病童，共度一段快樂的時光。一、二十年，她不間斷地做著同樣的事，失去孩子固然讓她感到痛苦，但陪伴這些生病的孩子，讓這個母親，感到她仍然還跟這個孩子有所聯繫。她不但跟她的孩子在一起，同時，她還擁有更多的孩子……

許多過去無法理解的故事，當我重新用這樣的角度去思考時，我開始有了越來越清楚的答案。

從某個角度來說，這也是從關到開之間，一念之間的轉換。

當我們感到痛苦、煩惱的時候，這個煩惱、痛苦，很少不是繞著自我為中心的。當這個「自我」得到了什麼、擁有了什麼時，我們感到快樂，當這個「自我」得不到什麼，或失去了什麼時，我們感到痛苦。

因此，在關的這頭，因為我們看不見其他的可能，因此只能繞著得不到的、失去的一切，試圖挽回。但在很多情況之下，我們所有試圖挽回的努力，只是徒勞無功。於是我們陷入更巨大的傷心、痛苦之中，繼續用各種方式給自己帶來更大的傷害，並且放大這樣的傷害，惡性循環。

可是，當我們看到，人可以因為為別人的「付出」感到真實的快樂時，開的選擇就開始浮現了。

在開的這頭，我們可以用自己力量關懷別人、幫助別人。我們在幫助別人的過程中，我們發現原來自己不但擁有這麼多，同時，還可以有這麼大的力量，發揮這麼大的價值。因為不再以「自我」為中心，許多因為得不到、或失去的煩惱漸漸減少了。因為關心別人，在看見別人的快樂時，我們也看見了自己的價值。

「多一點別人，少一點自己。」

在你幫助別人的過程之中，你幾乎不可能自己得不到好處。不但如此，當你用這樣的想法去面對自己的人生時，長期下來，你會發現，你所得到的往往遠遠超過你的付出。

在煩惱、痛苦、百思不得其解時，最後，你總是可以打開這一道最後的錦囊妙計。在所有心念切換的開關中，這應該算是最關鍵的了。儘管這個想法非常簡單，但卻總是在我許多人生的低潮中，發揮了最意想不到的神奇效果，提供了我最強而有力的依靠。

5.

我就是忍不住會緊張，怎麼辦？

「上台演講的時候，你會緊張嗎？」有一次，小兒子忽然問我。

「剛開始的時候難免，慢慢習慣就好了。為什麼問這個？」

「下個月學校舉辦音樂成果發表會，我得表演鋼琴。一想到我一個人、一雙手在台上彈鋼琴，台下有那麼多眼睛看著我、耳朵聽著……這樣想，忍不住開始緊張起來，你有過這樣的經驗嗎？」

「當然有啊。」我說。

「是噢……」他點點頭，帶著一點「原來你也會這樣」的寬慰和好奇看著我，又問：「那怎麼辦呢？」

「專注做好你眼前該做的事。」

「專注？」

我點點頭。

他想了想。「我也知道應該要專注，可是我就是會緊張、擔心。」

”焦慮是虛幻的

一九九六年，我曾經主持過一個名為「台北ZOO」的廣播節目，長達五年。那是一個訪談節目，每週只請一位來賓，利用兩個小時的時間暢談、分享他們的人生經驗。

在那之前我雖然有過演講或擔任節目來賓的經驗，但擔任主持人卻還是第一次。當時我訪問的來賓名單包括了：聖嚴法師、林懷民、羅曼菲、柏楊、蔣勳、李敖、劉其偉、魏龍豪、李國修、嚴長壽、張小燕、陳水扁、馬英九、陳履安、林義雄……不難想像，一個像我這樣的新手主持人，面對各個領域重量級的訪談對象，儘管我竭盡一切所能地研讀來賓的資料、準備問題，但我仍然會完全無可抑遏地想：

天啊，我什麼都不懂，卻被迫和這些各行業的頂尖高手對話，談他們最拿手的事，這豈不是不自量力嗎？

我甚至擔心：聽眾會不會聽出來，我根本就不懂來賓的專業？我只是一個新手，這些大人物來賓會不會嘲笑我問的題目太膚淺了呢？……

每到了錄音前兩天，這樣不安的狀態會變得更嚴重。當然，這樣的不安，連帶地也影響了節目的品質。

聆聽自己節目的播出帶時，我可以清楚地感覺到，我的節目不夠自然、流暢。越是這樣，我就越用力地閱讀和來賓專業相關的資料，更用力地做功課。問題是，儘管花了更多時間，我卻感覺不到太大的改善。結果我只好花更多時間、更用力準備，惡性循環的結果，我的焦慮也就變得更嚴重。

過了一段時間，就在我幾乎要萌生退意時，我在電視上看見一個學者背景的主持人正訪問另一個學者，由於專業領域相同，所以兩個學者很快就聊開，完全忘記螢幕前面還有觀眾這回事。一邊看著這個簡直像是學術討論會的無聊節目，有個領悟燈泡似的在我的腦海亮了起來：

一個好的主持人，應該和觀眾一樣，站在「不懂」的這一邊才對。正因為和觀眾一樣都不懂，所以對來賓才會有好奇，也因為有好奇，所以才能問出觀眾最感興趣的問題。

換句話，要做好廣播節目，我原先的期待：主持人「懂」來賓的專業，根本是不切實際的——因為對觀眾來說，主持人本來就應該站在「不懂」的立場，替他們問出最想知道的問題。因此，因為這個不切實際的期待所創造出來的焦慮，當然，也就是虛幻、不真實的。

「所以你想告訴我：我上台彈鋼琴的焦慮也是虛幻、不真實的？」小兒子問。

我點點頭。「基本上，焦慮都是由虛幻、不真實的期待構成的。」

「可是，我花了很多時間練習鋼琴，我希望在成果發表會上有好的演出，對自己一年來的努力做個交代。這樣的期待很真實，一點都不虛幻啊。」

「你聽過『杯弓蛇影』的故事嗎？」我問。

故事是這樣的：

晉朝時有個叫樂廣的人，喜歡清談，請了客人來家裡喝酒。

客人喝酒時，似乎看到杯子裡面有一條小蛇，但是因為已經喝下肚子去了，也就沒說什麼。不過回家之後，客人想起這條蛇的事，生病了。

過了一段時間，樂廣想起客人很久沒來家裡了，一打聽之下，才發現了竟有此事。樂廣回到餐廳研究了半天，終於發現，所謂的「小蛇」其實只是牆壁上的弓弩，倒映在杯子上面的光影。[3]

於是他把客人請來，讓客人坐在原來的位置，重建當天現場的場景。客人發現事情的真相之後，豁然開朗，疾病自然也就不藥而癒了。

「客人的恐懼——小蛇，」我說：「當然是不存在的。可是虛幻的蛇，為什麼會讓客人『真的』生病了呢？」

「因為客人相信那是真的。」小兒子說。

「既然客人相信蛇真的被他喝到肚子裡去了，那麼他能做的，無非就是求名醫、問偏方，但問題是，無論他怎麼做，都不可能把病治好的，不是嗎？」

「當然治不好，因為那條蛇根本不存在。」

「既然不存在，客人怎麼會覺得那是真的，而且還深信不疑呢？」

兒子想了想說：「因為那條蛇是客人自己創造出來的。」

「的確如此，」我說：「因此，除非讓客人看到，這條虛幻的蛇是怎麼被他創造出來，你是無法治好客人的焦慮的，是吧？」

小兒子點點頭。

想通了主持人「懂」來賓的專業不切實際之後，我又回頭重新審視了我的所有焦慮。我發現，在每一個焦慮的背後對應著一個期待，而這些期待，都是

3. 根據晉書的記載，應是：壁中有角飾，畫了蛇的樣。後來在《風俗通義・怪神》中被改成了弓箭。

以「自我」為出發點的。

好比說：

我怕觀眾聽出來「我」不懂來賓的專業，但觀眾根本沒有這樣的期待。

又好比說：

我擔心來賓嘲笑「我的問題」太膚淺，但真相是：沒有任何一個來賓是為了要嘲笑我而來上節目的。從來賓的角度來看，他們不但不會嘲笑我，反過來，他們還需要我的協助，幫助他們和觀眾及聽眾做更好的溝通。

……

重新審視一遍自己的焦慮之後，不難發現，正因為這些期待都是以「自我」為中心出發，因此它的視野既狹窄又侷促。也因為看不到全貌，這些期待，對於你想做好的事，幫助其實很有限。

事實上，你只要稍微跳開這個「自我中心」，從別人的期待、需求重新想想整件事，其實並不難發現，我們的焦慮並沒有我們自己想像的那麼真實。

「我同意你的觀點，可是，我覺得我的問題，和你說的廣播主持人，情況並不一樣。」小兒子說：「你訪談的來賓、聽眾，基本上都和我的問題無關。我說過了，我之所以會擔心，主要是因為我希望好好地演出，給自己一年來的努力一個交代。所以，當你說要跳脫自己時，我實在想不出還可以用什麼別人的角度，來思考這個問題。」

「所以，你最大的焦慮，主要還是來自你想證明你這一年來努力成果的期待，這是一個完全以『自我』為中心的需求，不是嗎？」

「這不就是音樂成果發表會的目的嗎？」

「你可以試著從一個更高的位置去看這件事情啊。還記得當初你學鋼琴的目的嗎？」我說：「我記得你說，你想如果可以把心情與感動藉由音樂與別人分享，你會感到很快樂，不是嗎？」

「嗯。」

「可是，現在，為證明你努力的成果，這個快樂看不到了。如果學鋼琴的動機沒改變的話，你是不是從這個出發點，重新再想想呢？現在你的焦慮，真的是你想分享給別人的嗎？」

好好練習，是唯一的真實

過了一陣子，小兒子又跑來了。

「這次我想問你一個一點也不虛幻的問題。」

「噢？」

「眼看還剩一個多禮拜就要上台表演了，可是到現在我還是會出錯。我在想，到時候上台時一定更緊張，萬一彈錯了，怎麼辦？」

「過去你都怎麼處理的？」

「沒有別的辦法，只能加緊練習啊。」

「那這次呢？」

「我也是加緊練習。」

「那你就繼續加緊練習啊。」

「唉，我還以為你會有什麼特別的好辦法。」小兒子顯然有點失望。

我笑了笑說：「你想聽我說個故事嗎？」

有一陣子我跟一位單車教練學單車。教練的單車橫槓上漆著一排大大的字：「Mirage」。我一直以為Mirage的意思，就是Mirage（幻象）戰鬥機的那種很帥的Mirage，直到很久以後，我才發現事實並非如此。

那次，教練陪著我騎單車挑戰一條上坡路。騎了幾公里之後我已經氣喘如牛了。一轉彎，是一個上坡，等好不容易騎到轉彎口又看到另一個上坡。同行的另外一個較資深的朋友說：

「加油，只要騎過這個轉彎，終點就到了。」

這樣的鼓勵當然很振奮人心。問題是，當我騎到轉彎處時，發現那只是一個惡作劇時，心都涼了。接下來接二連三的轉彎以及上坡，同樣的玩笑仍然持續著，到了最後，一個又一個的失望簡直像是一波又一波的重擊，眼看這轉彎之後無盡的上坡，上坡之後又是無盡的蜿蜒，我早已心灰意冷。正打算放棄時，教練忽然騎到身邊來，對我說：

「不要看終點，那只是幻象。專注著腳底下的路，那是你現在唯一能擁有的真實。抓住這個真實，一步一步踩，你一定可以踩到終點的。」

說也奇怪，當我停止想像終點時，低下頭看著車輪底下的路，坡度彷彿也就沒有那麼陡了。

我就這樣一步一步踩踏，沒想到，真的抵達了終點。到達山頂之後，回頭往下看，發現自己竟然爬了那麼高，覺得真是不可思議。

看著教練單車上橫槓上的「Mirage」，想起他剛剛說過的話，我笑了起來。

「所以，你的意思是，叫我不要想結果？」

「那只是幻象，」我copy教練的話，告訴他：「專注腳底下的路，好好練習，那是你現在唯一能擁有的真實。」

奧運游泳多面金牌得主邁克爾．菲爾普斯（Michael Phelps）的教練鮑勃．博曼（Bob Bowman）曾經表示過：

「我的訓練哲學是：『過程』比『結果』重要。因為過程是掌握在我們手裡的，是我們能力範圍內可以決定的，而『結果』大部分卻決定在於別人做了什麼。」

換句話說，試圖去掌握那些「無法掌握」的事情，對於你並沒有任何幫助。博曼所謂「過程」比「結果」重要的意思是：設定一個能夠達成目標的計畫，並且把它分解成為每天的待執行內容，讓自己專注在每天、此時此刻的練習中，一步一步地達到那個結果。

從結果——計畫——每日——此時此刻的練習，那些無法掌握的事情，變成了能夠掌握的事情。而我們的注意力，也從到底會不會成功這些虛無縹緲的質疑，變成了很實質的，此時此刻的投入與訓練。

曾經有過面臨類似的重大考驗（不管是比賽、考試、甚至是一個生死存亡的行動）應該都有同樣的體驗。你越是去思考那些無法控制的事情，你就越是無法專注在此時此刻的訓練。反過來，你越是專注在你能控制的事情上面，你對事情的結果就越有幫助。

我曾經問過前警政署長侯友宜先生，過去當他在追捕槍擊要犯攻堅的過程中，和歹徒交戰時是什麼樣的心情？有沒有想過死亡？

他的答案是「死亡是這個工作的一部分，不能分開來想」。在這之後，他為「工作」，做了一個很精采的註解，他說：

「為了把這個工作做好，我們做了很嚴密的計畫，以及沙盤推演。只要嚴格遵守那個計畫，我們就能把工作做好。只要工作做好了，傷亡也就能夠降到最低了。」

面對結果不確定的艱鉅挑戰，你必須為你想要的結果設定「計畫」，並且時時刻刻信靠它、信仰它——除此之外，沒有別的辦法了。

鮑勃．博曼甚至用「一次又一次地預演自己的成功」來形容這些追隨著嚴謹的計畫的練習。我很喜歡他的說法，在我看來，那顯然也是能夠事先把成功預演出來，唯一的方式了。

四十分的期望值

到了成果發表會前一天，我問小兒子：「你準備得如何了？還緊張嗎？」

「我用你的方法，盡量不去想結果，不過，」他苦笑，「即使這樣，難免還是很緊張……」

「為什麼？」

「不想結果的目的，是為了讓自己的表演得到好的結果吧？」兒子問。

「沒錯。」

「所以，儘管你告訴自己『不去想結果』，但你內心最在意的還是結果，不是嗎？這樣，就算不想，和想又有什麼兩樣呢？」

這倒是個好問題。

在我考學測的年代，數學是我最傷腦筋的科目。那時候，題目往往出得很難——如果沒有記錯的話，我參加考試那年的高標準（超出平均分數以上的人的總平均）只有二十八分。加上數學考卷題目少，每題佔的分數比重高，因此臨場能不能保持腦筋清晰、靈活，就成了非常重要的關鍵。

我記得有次考完數學模擬考交卷時，鄰座一位數學成績向來很好的同學發出一聲哀號，叫著：「天啊，我完了。」

「怎麼了？」我轉頭問。

「我只寫了七十幾分的題目，剩下的二十幾分，都不會寫……」他一臉驚慌失措的表情。

「你比我好多了，」我連忙安慰他：「我只寫了四十幾分……」

我本來以為這種犧牲自己成就別人的心情，會對他的心情有些幫助，沒想到他一臉無感的表情對我說：

「以你的程度，能寫四十幾分，已經算不錯了。」

聽到這樣的話，心情當然大受刺激，心裡想著，這口氣非爭回來不可。不過心情歸心情，現實歸現實，並不是人生所有的事——特別是那些跟基因有關的，都能像電影演的那樣，光靠著決心、勇氣就能扭轉局勢。

這句刺激的話就這樣在我的念頭裡面轉呀轉地，有一天，我忽然念頭一轉。跳開那個被刺激、想爭一口氣的心情，冷靜想想，我突然發現他說的話，其實是有道理的。

相較於過去歷年的高標準，四十多分的確已經算是不錯的成績了。當時我的第一志願是醫學系，我推估了一下，只要其他的科目能維持應有的水準，這樣的成績，其實也夠了。

既然如此，為什麼不開開心心地接受這個事實呢？

念頭一轉之後，事情變得完全不同。

如果把期望值定在一百分。考卷一發下來，只要看到不會寫的題目，心情立刻湧上一片烏雲。萬一另外一題難題相繼出現，烏雲頓時化為傾盆大雨。人在風雨交加、雷電交迫的氛圍中答題，狼狽的感覺油然而生。萬一稍有不順，四面埋伏、山窮水盡的感覺更是排山倒海而來。在這之後，當然也只能且戰且退，一路風聲鶴唳，草木皆兵。

反過來，如果期望值只有四十幾分，起碼表示，拿到數學考卷時，正常的話，應該會有不會做的題目起碼有五、六十分吧。既然有那麼多題目不會做，只要把會做的那四十幾分的題目，穩穩當當地做完，任務也就完成了。這麼簡單的任務，有什麼好緊張的呢？

更何況，八十分鐘的考試時間，如果只需完成那四十幾分我原本就會做的題目，豈不輕鬆愉快？

進一步我又想，何不乾脆把期望值定在零分呢？

說來神奇，心態改變之後，儘管還是同樣的考卷，但因為答題負擔減輕了，焦躁的情緒也隨之消失。從零分的期望值出發，考試的過程變成了一趟發現之旅。一題一題搜尋下來，看到似乎有把握的題型，像是發覺寶藏似的，很快就能定下心來，把埋藏在底下的分數扎扎實實地挖掘出來。每做完一題，心情就多充實一分。一路走來，就像是撿糖果的小孩一樣，一題接著一題，驚喜不斷。

因為心態安定了，相對的，時間就過得很慢。也因為時間過得慢了，思緒變得越來越敏銳。做完會做的題目之後，總是發現原來我還有時間去推敲、琢磨剩下原本看似不會做的題目。或許因為少了後顧之憂，靈光閃現的時刻此起彼落，許多原來不會的題目，竟然出乎意外地迎刃而解了。

接受所有可能的結果

「後來你應該考得還不錯吧？」兒子問。

「那次大考，我會做的題目只有四十三分，果然我就考了四十三分。那年的高標準是二十八分，你已經知道了。就像我同學說的：『以你的程度，能寫四十幾分，已經算不錯了。』」

「所以，不是『不想結果』，而應該說不期待，並且接受所有可能的結果，是嗎？」

「是啊。既然成果發表會展現的是你學習的成果，那就沒有什麼成果不能接受，不是嗎？畢竟這只是一個學習的過程。不管發表的結果滿不滿意，你都還會繼續學習下去的。而只要你繼續學習下去，你就會不斷進步，越彈越好的。」

他想了一下，說：「這想法不錯。我可以試試看。」

「這種心智的鍛鍊，也跟彈鋼琴一樣，是需要練習的。在往後的人生裡，這種面對壓力的時刻應該還有很多，將來應該會很有用的……」

他笑了笑。

這應該是鋼琴表演前的最後一個故事了。我心想。

6. 格局來自真心渴望

草船借箭跟未來的格局到底有什麼關係？

那是一次很隨興、沒有什麼特別主題的座談——形式很自由，你一言我一語的，用「聊天」來形容或許更恰當。同學們都是在學的大學生，來自不同的學校。

差不多在我的短暫談話告一段落之後，我問教室裡的同學：

「接下來，大家有什麼問題嗎？」

短暫的沉默中，我聽見了講桌上手機傳出訊息的提示震動。我瞄了一眼，是運動教練傳來的，上面寫著：「鐵人三項比賽名額秒殺，我看我還是先幫你報名吧。」

這樣的訊息當然有點干擾，不過，我的心就是忍不住飄回剛剛座談之前，和我的運動教練在電話上的談話。

「你在開玩笑吧？」我對著手機說：「我是跑過半馬，但跑步、游泳外加騎單車這樣的事從來沒有一起幹過啊。」

「單車你不是從小就會騎了嗎？」

「那不一樣啊，要騎四十公里欸。」我焦慮地說：「更何況，我的游泳技術根本不可能游完一千五百公尺。」

「那還不簡單，距離比賽還有三個多月，我幫你找個游泳教練，好好去練就會了啊。」

「哪有你說得這麼容易。更何況，我最近在趕稿子，根本沒有時間練呢……」

「哎呀，就是要報名你才會練啊，只要你想練，時間就擠得出來啊……」

鐘聲響了，我猶豫了一下：「讓我想一想吧，我現在有場跟學生的座談會，我得進教室了，下課再談吧。」

那差不多是三十多分鐘之前的事情了。進了教室之後，我開始和學生專注地聊起了一些關於「閱讀」、「視野」、「格局」之類的事。直到這通簡訊又提醒了我。

就在我掉入自己的思緒時，教室裡，主辦這個對談活動的社長舉起了手。

「老師，你真的覺得花時間閱讀課外書，對我們的未來的格局有用嗎？」

「啊？」我把思緒從鐵人三項比賽拉回來，「可以再說一次題目嗎？」

於是他把題目重複了一遍。

「跟社長有同樣疑惑的人，」我問：「請舉手？」閱讀對自己當然有幫助，這應該是沒有什麼問題的問題吧，我心裡想。

出乎意料外的，舉手的人竟然還不少。

「大家把手放下，」我故作鎮定地問：「舉手的同學，可不可以說說為什麼你懷疑閱讀對格局沒有幫助？」

大家看著社長。社長當仁不讓地說：

「讀教科書可以拿到學歷，還可以考專業證照，這對未來的格局有幫助，大家都很清楚。可是讀課外書的話，我就不清楚了。別人怎麼樣我是不知道，就以老師說的《歡樂三國志》中的『草船借箭』來說，我自己聽完之後，大概就只有兩個心得，一個是：諸葛亮真聰明。另一個是：這個跟敵人借箭的計謀很有創意。問題是，心得一，這個事實舉世皆知，你就算知道了也沒有什麼了不起。至於心得二呢，被諸葛亮用過一次之後，恐怕也不能再用了。所以，就算把整本《三國演義》都讀得滾瓜爛熟，這些常識、心得，除了約會把妹的時候打打屁、吹吹牛，對『未來的格局』，真能派上什麼用場嗎？」

說完之後，他露出一副「得罪之處請多多指教」的頑皮表情，坐了下來。這種表情，通常是過去我當學生給老師提出問題時，常用的表情。沒想到隨著歲月過往，風水輪流轉。

「嗯。剛剛覺得讀課外書對格局有幫助的同學呢，對於剛剛社長的論點有什麼要反駁的地方嗎？」我心想，回應這樣的問題，就讓同學先出手吧。

現場一片鴉雀無聲。

我忍耐了一下。

又經過了一陣子的鴉雀無聲之後，我開始明白，所謂的沒舉手，並不代表他們覺得「閱讀課外書對未來格局有幫助」。沒舉手所代表的意思，很多時候，純粹只是沒有舉手罷了。

這可有趣了，我心裡想。

謀略背後的思維

社長的論點，漏洞當然是有的。你不能因為自己的閱讀觀點太狹隘，見樹不見林，從一棵樹就否定一個森林。不過，老師跟學生對決，勝之不武。但為了避免太早把論點說出來，剝奪了他們思考的機會，我試著先用一個自己的故事，旁敲側擊。

大學時代曾經當過一個高二學生的家教。學生表示：他是主動想來補習數學的，不但如此，他還告訴我，在我之前因為老師都不是很好，因此他已經換了好幾個家教老師了。

對我來說，這樣的挑戰，當然令人期待。

不過開始上課之後沒多久，我立刻發現問題跟我想像的不太一樣。高二的數學進度，已經進到點線面立體幾何。做了幾個解題之後，我發現學生似乎一知半解。

我暫時停下進度，退回平面幾何，寫了一個簡單的二元二次方程式，讓學生解題。

學生看了問題半天，對我搖了搖頭。

「不會？」我問。

「這個學校沒教過。」

我心想，不可能吧？於是又在計算紙寫下一個一元一次方程式。

3X+8=5，求X？

如果沒記錯的話，這應該是國中一年級的基本代數。總不會又沒教過吧？

他咬著原子筆，沉默了一會兒之後對我說：「這個好像沒有教過。」

「不可能，這一定教過，你再想想看。」

他又想了半天，對我說：「我的數學老師不好。」

這會兒輪到我無言以對了。沉默了一會兒，我對他說：「這樣，你先把國一的數學課本找出來，我幫你把代數的部分從頭再複習一遍。」

「再過一年不到就要考學測了，」他說：「這樣會來不及吧？」

又上了一、二次課之後，我被學生辭退了。那真是很挫折的一次經驗，我猜想，我也應該變成了他一長串「不好的老師」名單中的一位吧。

說完這個故事之後，我問同學：「你們有什麼心得？」

「這個學生太頑固了，聽不進別人的話。」有人說。

「他不是很想學嗎？」我繼續又問：「都願意花錢請老師了，為什麼聽不進老師的話？」

「他不願意接受老師的方法，只想用自己的方法學習。」

「很好的心得。」我說。

在我鼓勵之下，又有一個人舉手了，他說：

「我覺得就像被老師家教數學的學生一樣，我覺得社長如果不能打開心胸，跳脫自己原來閱讀《三國演義》的方法，或許，無論怎麼樣，都讀不到對『未來格局有幫助』的心得。」

「怎麼打開心胸，又發現怎麼樣讀才對『未來的格局』有幫助呢？」社長問。

「有一點介於『魚』和『釣魚的方法』之間的差別吧……」

「閱讀《三國演義》，『魚』和『釣魚的方法』到底有什麼差別，可否具體地說明一下？」社長繼續挑釁。

「具體的說明，我其實也不知道。」這位同學的目光，這時瞥向了我。

「『釣魚的方法』這個想法很好，對於這個方法，有沒有同學想要補充？」好戲才正開始，我當然不會輕易放手。

又是一片沉默。

「我們試著這樣想好了，」我問：「大家覺得魚和釣魚的方法，最大的差別是什麼？」

「魚是一次性使用。釣魚的方法可以重複性使用。」另外一位同學說。

「很好。我記得剛剛社長說到草船借箭中，諸葛亮的計謀用過一次之後，別人就不能再用了，對不對？如果是這樣的話，」我繼續又問：「在這個計謀的背後，有什麼是同樣可以重複使用的？」

教室又陷入了一片沉默。

「《三國演義》中，另一個空城計的故事大家都聽過吧？」

為了確定每個人都聽過，我把〈空城計〉[4]的故事又講了一遍。講完之後，我說：

「依照剛剛社長的邏輯，讀〈空城計〉的心得，應該也是：一、諸葛亮真聰明。二、這個計謀很有創意。但這兩個心得對你未來的格局，可能都沒有什麼用處，是吧？但是，」我故作懸疑地停了一下，「在這兩個不同的謀略的背後，有什麼思維，是被諸葛亮一而再、再而三地使用的？」

我聽見下課鐘聲響了，儘管已有同學舉起手，我還是決定留下一點懸念。

「大家思考一下，這個可以重複使用的思維是什麼？這樣的思維，對我們所謂的格局有幫助嗎？好，我們暫且休息一下。等一下回來，我們繼續討論。」

格局是什麼？

利用休息時間，我拿出手機，查了網路上的關於「格局」的定義。正查著，手機又震動了。手機螢幕上顯示教練的名字，我接起了電話。

4. 諸葛亮駐守西城，驚聞馬謖街亭失守的消息，立刻派出軍隊，為撤退預作準備，不想這時司馬懿率數萬大軍來襲。因為精銳部隊已均被遣出，西城空虛、無兵可守，在危急之中，諸葛亮令老軍打掃街道，大開城門，而他帶著琴童自坐城頭，飲酒撫琴等待司馬懿的大軍到來。司馬懿兵臨城下，心生疑惑，他深知諸葛亮素來用兵謹慎，因此不敢貿然進城，於是下令部隊倒退。

「三鐵我已經幫你報名了噢，」教練說：「費用是兩千元。」

「等等，我又沒有說我同意了。」

「先報名了再說吧，要不然名額很快就被秒殺了。」

「可是我游泳連一百公尺都會喘啊。」

「游泳還不簡單，有需要的話，我也可以幫你找教練來上課……」

「等一下，等一下，」我說：「我根本還沒有心理準備，我只說我要考慮考慮……」

接下來，教練開始跟我一一舉證，他的學生誰誰誰，比我年紀還大，結果訓練了才三個月不到就完成了比賽。還有誰誰誰，體力比我還差，又經過了怎麼樣怎麼樣……總之，就是一堆有志者事竟成的故事。

據說，十之八九的鐵人參賽者，一開始都是這樣被「推坑」上場的。教練激勵學員的心情，我當然能夠理解，也非常感謝。不過，老實說，對我這種非運動人士，此事實在非同小可。

「我看我還是再想一想……」我說。

「你想一想沒關係，反正，我決定先幫你報名。到時候，萬一你真的不想參加的話，費用我幫你出……」

掛斷電話，我有點茫然地望著手機螢幕上格局的定義，寫著：

【格局】

A、格式；佈局。

B、對局勢、態勢的理解和把握。即一個人對事物所處的位置（時間和空間）及未來的變化的認知程度。

讓思維跟自己發生關係

我把格局的定義抄寫在白板上，轉身對同學說：

「之前下課前我們提到了『草船借箭』和『空城計』。大家覺得，諸葛亮的這兩個計謀的背後，有什麼思維是一樣的？」

我看見有好幾隻手舉了起來。

「我覺得是跳脫慣性的思考。」一位女同學說。

我轉身，把「跳脫慣性的思考」幾個字在黑板上寫下來，「周瑜讓諸葛亮承諾立軍令狀，承諾三日內造十萬支箭。對於這件事，周瑜、魯肅想到的方法是用竹子、羽毛、膠水的傳統作法。司馬懿想到的也是『必有埋伏』的傳統思維。相對於他們，諸葛亮用了想像力，做了一個大膽的佈局。」我指了指黑板上的「格式」、「佈局」，又問：「大家覺得這個『跳脫慣性的思考』，對未來的格局有用嗎？」

我看見大部分的同學都點了點頭。

社長舉起了手。他說：「『跳脫慣性的思考』對未來的格局有幫助，這我同意。但類似的思維、歷史教訓，在場的同學過去應該都聽過很多。但是捫心自問，因為聽到這些思維，我們的想法因此變得不一樣了嗎？格局真的變大了嗎？所以，搞了半天，閱讀了很多課外書，會不會只是一種自我感覺良好？」

「覺得自己格局因此有變大的舉手？」我問。

沒有人舉手。

「覺得自己格局沒有變大的人，請舉手？」

教室裡，寥寥幾隻手舉了起來。

「這是一個很有意思的問題。」我說：「大家都同意『釣魚的方法』的思維對格局有幫助。可是讀過了這麼多『釣魚的方法』，結果格局還是沒有變大，這不等於沒讀嗎？有沒有人可以說說，為什麼有這個落差？」

沉默持續了幾秒鐘，有一個同學舉起了手。「這跟學游泳的道理是一樣的。就算你在教室上了游泳的課、也在網路上看了不少示範影片，但如果直接把你丟到游泳池裡去，你還是不會游泳。」

「很好的見解。就像游泳一樣，光是有觀念或思維是不夠的。你必須透過自己不斷地去練習，這樣的觀念或思維，才可能成為你自己的一部分。否則，思維是思維，你還是你，你們之間一點關係也沒有。是吧？」

同學點頭。

「話又說回來，你會因此說：教室的課程，網路的示範影片沒有用嗎？當然不會。為什麼呢？因為必須先有觀念，你才能夠去反覆練習、映證。」

才說完，立刻有位男同學舉起了手。「怎麼讓我們自己和一個新的思維發生關係呢？」

「我正想問你們。怎麼樣，這個問題大家有沒有想法？」

「老師先回答看看嘛。」

「好，我先說。要讓一個思維和自己發生關係，在我看來，最簡單的方法，就是拿這個你覺得對格局有用的思維，去檢查自己——包括了你的習慣、處理事情的方法、或者決定。」

「任何事情？」

「任何事情都可以。」我看了一眼他的頭髮：「就以髮型來說好了，我們用諸葛亮『跳脫想像力』的思維，來檢查一下你這個髮型好了。請問當初你為什麼剪這個髮型？」

他抓了抓頭說：「就是習慣去同樣的地方，剪同樣的髮型……」

我用手指著另外一個留著一頭韓風髮型的男同學，問他：「你有沒有想過要剪那樣的頭髮呢？」

他笑了笑，搖搖頭。「沒有那樣的勇氣。」

我轉身，問那位韓風髮型男同學：「那你呢？你當初為什麼想剪這樣的髮型？」

「我就是想跟別人有點不一樣。嗯……不太一樣。對。那時候，剛好看了一部韓劇，所以……」

「因為想跟別人『有點不一樣』，所以跟隨最新流行……嗯，了解了。那麼，剪完之後，你自己的感想如何？」

「最近發現跟我剪一樣髮型的人越來越多，開始覺得有點後悔……」

「有沒有想過下次剪什麼更不一樣的造型？」

「還沒想到，」他笑了笑，指著旁邊一位理了光頭的同學，「也許像他那樣吧。」

「為什麼？」

「不知道，感覺更帥吧……」

我指著光頭的同學，「你覺得自己比他更帥嗎？」

這位同學顯然欲言又止，另一位同學指著他，一臉幸災樂禍的表情說：「他威脅一個女生說：如果不接受他的告白，就去理光頭。結果被拒絕了……歡喜做甘願受啦。」

同學全笑了，大家都給他鼓掌。

「大家覺得這樣的造型帥嗎？」

「帥！」全班同學異口同聲。

「有沒有人想過，更跳脫慣性思考、更不一樣、更帥的可能？」

接下來是一片沉默。

我順手鍵入了「留長髮」以及「癌症」，立刻就搜尋到之前看過的那則新聞。這篇文章的標題是這樣的：

小五男童助癌友！留及腰長髮捐出

一位國小五年級的男生，為了幫助癌症病人，從六歲就開始留長頭髮。雖然常常被當成是女生，但他仍然非常堅定。他花了四年時間留了三十五公分的長頭髮，並且把頭髮當成禮物捐給希望癌症基金會，希望他的頭髮能幫助跟他一樣年紀的癌症女病患。

「看完了這則報導，你們覺得這個小朋友帥不帥？」

「帥。」大家異口同聲說。

「所以，當你說『跳脫慣性的思考』（或者任何有用的思維）對自己的格局有幫助時，第一步，你要用這個思考去檢查自己生活中的一切，像剛剛這樣，不只自己的髮型、生活、態度、興趣、決定……你要去想，你和這樣的思維之間的差別是什麼？比你更厲害、更帥的典範是什麼樣子？你看見了自己，也發現了別人。漸漸，你對比你更帥、更厲害的人心嚮往之，不知不覺，你也就讓自己往哪個更大的格局、方向移動了，這樣說，

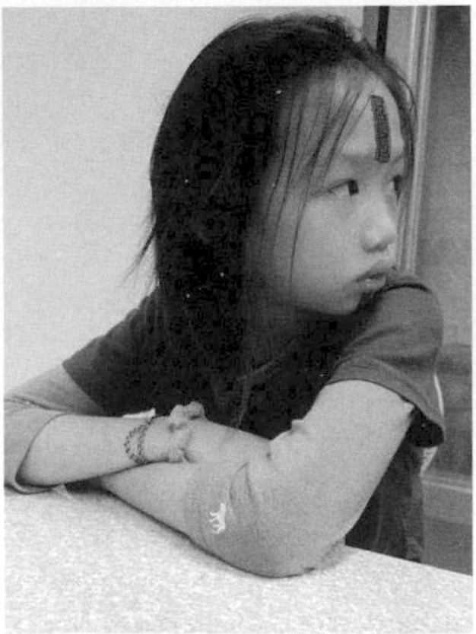

照片提供：李官陸

能理解嗎？」

我轉身在白板上寫下了《論語》的第一句話：

學而時習之，不亦悅乎。

「這句話是什麼意思呢？」我問同學。

「學到的東西，要時常拿出來複習。複習了之後，就會很快樂。」一個同學說。

「這個說法當然沒有問題。但如果要更廣義地去理解這句話，它應該是：把你學到的『思維』，用來重新『檢視』自己過去的生命，同時放進現在的生活中，不斷地『練習』。」我說：「孔子這句話最重要的內涵，和我剛剛說的那個意思，是一模一樣的，發現了沒有？」

我看見原來習慣去同樣地方剪同樣髮型的同學舉起了手。

「請說。」

「有時候，看到別人很厲害，雖然自己真要變成那樣也不是不可能，但想一想，實在太累了，於是告訴自己，算了。問題是算了之後，看到別人成功了，又會有一種不甘心的感覺。怎麼克服這種怕累又不甘心的心情呢？」

另外一個人舉起來手。他說：「我剛好和他相反。我曾試著用和別人不一樣的想法、做法，大家都不看好，結果如別人所預期的，失敗了。所以，儘管我看到別人用『跳脫慣性的思維』成功了，但是我還是覺得風險很高，心裡有種恐懼，隱隱約約覺得跟別人一樣，心裡比較有安全感……怎麼辦？」

推動「跳脫慣性思維」的力量

我先舉了一個自己的例子。

微積分是我大一必修科目，迷迷糊糊地考完了期中考之後成績公佈，自己只考了四十三分。我估計了一下，期末如果考不到七十七分以上，我明年只好重修了。為了過關，當然只好拚了老命，開始拚命K微積分。或許K得太過頭了，沒想到期末考竟然意外地得到了滿分。

「這是我自己的經驗，在這個經驗中，」我問大家：「逼我『跳脫慣性』的力量是什麼？」

「恐懼。」

「好，恐懼是逼我們『跳脫慣性』的一種力量。但我總不能為了召喚『恐懼』，每次都讓自己的期中考先當掉吧？」我說：「所以，這樣的力量並不實際。大家再想想，還有什麼樣的力量，比恐懼更能讓我們跳脫慣性？」

另外一位同學說了一個故事：

我從小最怕蟑螂，每次見到蟑螂都會驚慌失措，甚至尖叫。有一次社團辦公室忽然出現了一隻蟑螂。當時辦公室裡面只有我和另一個心儀的女孩，她驚慌地抓住我的手，躲在我的身體後面。雖然我很想尖叫，可是我不曉得哪裡來的勇氣，竟抓起報紙，捲成棒棍，一下子就把蟑螂打死了，到現在想起來，連我都好佩服我自己。

「這樣是什麼力量？」

有同學說：「逞英雄。」也有同學說：「好色的力量。」

「不管是逞英雄的力量也好、好色的力量也好，」我說：「相對『恐懼』而言，這些顯然都是比恐懼更『正面』的力量，大家同意嗎？」

沒有人反對。

我問一直都維持同樣髮型的同學：「剛剛你說沒有勇氣剪『韓國偶像明星』的髮型。但如果有一個你很心儀的女孩子告訴你，只要你改變成那樣的造型，她就會當你的女朋友。在這樣的情況下，你有沒有勇氣？」

他想了一下，點點頭對我說：「當然有。」

我又問了那位留著光頭的同學：「你呢？你理這個大光頭真正的動機

是什麼？」

他想了一下，認真地說：「我應該是想藉著光頭不斷地提醒自己，我已經被拒絕，不要再有任何不切實際的幻想了吧……」

「所以，你想畫下句點，讓自己重新開始？」

他點點頭。

「這也是『正面的力量』吧。」我又問那位韓風髮型的同學：「下一次，如果是為一個癌症女病患留一頭長髮造型，你覺得如何？」

「我正打算這樣做呢。」他說。

「大家看到了一個正面的渴望——不管是為了自己，自己喜歡的人，甚至是為陌生人，所能帶來的強大力量了嗎？」

同學們點了點頭。

「當你對一件事渴望時，那件事情對你而言就有了價值了，對不對？」我停了一下，看了看大家，「舉例來說，過去我在醫學院讀書時，教科書是依照組織、系統、疾病作為分類的脈絡的。厚厚一疊又一疊的原文書，難懂又索然無味。可是奇怪的是，到醫院實習開始照顧病人之後，只要跟病人的疾病相關的內容，無論過去覺得多麼艱澀難懂的學問，忽然之間都變得有趣，也非常容易就理解了。我請教大家，同樣的原文書，同樣的人，為什麼有這麼大的差別呢？」

「因為推動這件事背後的力量不同了。」一位同學說。

「沒錯。在醫學院時，讀書的動機是為了通過考試，因此，我的閱讀是『被動』的。但是，到了醫院之後，讀書是為了病人。因此，我的閱讀也從『被動』變成了『主動』。大家覺得『主動』的力量強大，還是『被動』的力量強大？」

「主動。」大家異口同聲說。

「所以，並不是你閱讀，讀到了一個新思維，然後把它用在自己身上，所以得到了一個新的格局。這是被動的。事情必須反過來。不管是追求一個女孩、或想幫助病人，你必須先有對新格局的『渴望』。因為『渴望』，所以你想改變。也因為想改變，因此你尋找不同的思維。因為尋找，所以你發現。因為發現，所以你展開了學習與行動。你必須讓你的『渴望』成為你的動力。只有這樣的力量才能帶著你跨越必然的障礙，達到你想要的目的。沒有真心渴望，就沒有真正的格局。大家明白我的意思嗎？」

鐘聲響了。

「好，今天我請大家回家，對於生活中的一件事——任何一件簡單的小事情都可以，發揮你的想像力。請你想像在那件事情裡面，你所能看見的、真心渴望的『新格局』。我希望大家從對這個新格局的渴望出發，想辦法找到一個切入點，把自己和那個新格局聯繫起來，下次再碰面的時候，我們一起來分享。可以嗎？」

「可以。」我聽到大家異口同聲說。

經過大型螢幕看板時我不知不覺停了下來。螢幕上一閃而過一個運動員揮汗跑步的畫面。

手機響了。又是教練打來。我接起了電話。

「我已經報名了噢。你知道嗎，×××聽說你要報名了，很受激勵。他說，如果你都能參加了，他也要參加，可是我說你還在考慮當中……」

不知道是不是螢幕上廣告畫面的緣故，浮現在我腦海的想像，竟然是自己跑到三鐵比賽終點的畫面……不知道那算不算是一個不同於以往的「新格局」。

沉默了一下，我說：「麻煩你幫我介紹游泳教練吧，如果可以的話，這個禮拜起，我就開始上課。」

「真的假的？」我的教練顯然有點意外。

「當然是真的。」

後記：結果證實那個「新格局」並沒有想像中容易。那一年，我並沒有完成鐵人三項比賽。不過我並沒有放棄我小小的渴望，直到隔年秋天，我才在台東完成了我人生的第一次鐵人三項比賽。

7. 你覺得讀文學書比較Low嗎？

最近和幾位年輕人聚會，本來是利用中午吃便當的時間，討論一場關於演講的安排。但聊著聊著，不知不覺情勢就演變成他們提問題，我回答。當然，變成這樣，我也覺得沒有什麼不好。

後來有人開始問起我看不看書，應該用什麼樣的態度看書等問題。我回答當然看書。不但看書，而且應該把看書當成吃東西似的——隨時隨地可看、各式各樣都看，而且「不看會死」的那種事情。

接下來，討論就環繞在「閱讀」、「視野」、「格局」這些主題。我的回答，許多和上一章雷同的部分就不再重複了。不過，當場有個剛退伍的年輕人問了一個很有趣的問題，這個問題是這樣的：

「我服役時，閒暇時都在K小說。我的同僚看我讀文學書都笑我太文青，太不切實際，也太low了。他們說，在這個時代要讀『非文學』書才有用。」他問：「你覺得讀文學書真的比較low嗎？」

這個倒是個我從來沒有被問過、非常有趣的問題。

讀文學書、非文學書都很好

先說個題外話。首先，我覺得讀「文學書」或閱讀「非文學」書，只要是書，都很好，而且也很迫切。

從我小時候到現在，儘管人類閱讀的需求一直很大，但閱讀模式卻發生了很大的變化。和過去比較起來，當代的閱讀，花在「書本」的時間，顯然已經遠低於「網路」（電腦、手機、PAD），或者視訊（電影、網路視頻、電視）時間了。

除了書本之外，在從前那個年代，想得到娛樂、新聞、知識這些訊息並沒太多別的選擇。活在那個時代，固然視野、數量都受到傳播方式的限制有些「可惜」，但如果因為別無選擇，因此養成了「閱讀」書本的習慣，平心靜氣地想一想，其實也是「可喜」的。

也許有人會問，同樣都是「閱讀」，不同的媒介傳遞的訊息，真的有什麼差別嗎？

在我看來，差別其實很大。

就先從作者的角度來說吧。作為一個作者，「書本」是我心目中最淋漓盡致的表達空間，透過出版找到心意契合的讀者，無疑地也是最有效率的方式。在我心中同樣的想法，如果試圖轉換成電視、廣播或是其他媒介的形式表達時，為了配合個別媒體的特性，總感到有許多必須刪減、犧牲，甚至是委曲求全的部分。

一個普普通通的作者如我都有這樣的想法，那麼，一定有許多對自己作品的完美表達要求更高的作者，選擇「書本」作為自己最主要的表達方式。從這個角度來看，一個讀者跳過了「書本」的閱讀，只依賴其他的閱讀媒介，顯然，他就會錯過這些作者的作品與想法。

既然如此，直接看電影，或電視，豈不更有趣、更節省時間？像你的許多小說不也改編成電視連續劇了嗎？有人也許會問：

「可不可以跳過『書』，直接看書改編的電影或電視劇？」

當一本書改編成影視作品時，事實上，兩者已經是完全不一樣的作品了。但這還只是次要的理由。對我來說，更重要的理由是：相對於書本出版的樣貌，我們能看到的影視作品，其實是很有限的。

相對於書本的出版，一部電影或電視劇需動用的成本與資源遠遠龐大許多。因此，它們都必須經過了許多考量（能否回收成本、符合商業利益、政府的政策、出錢的老闆的意思，或者更多我們想不到的理由……），在通過這些篩選之後，才有機會呈現到我們的面前。

就以台灣市場來說，二〇一三年，台灣有四萬兩千一百八十本書出版，但是發行的電影卻只有一千九百八十五部，大約是21：1的比例。從這個角度來看，當你試圖用影視替代書本的閱讀時，你等於把自己的視野縮限在更有限、經過篩選的範圍內了。

再從讀者的角度來說。

最近和朋友聊天——特別當主題是公共議題時，常常會有種感覺，那就是：說來說去，不管是誰的意見，似乎都是電視上，或是報紙上那些意見領袖說過的。仔細去查查這一、兩天的網路新聞、電子媒體，一點也不難印證，原來這些觀點無非都是那些訊息的重複和引申。

為什麼會這樣呢？

原來大家的資訊來源無非就是這些有限的主流電視、報紙、雜誌。這時候，如果聽到有個人，說出了不一樣的、深入的，或是厲害的見解，經驗告訴我，這個人一定有閱讀書本的習慣。如果有機會的話，我總是會去印證。通常，這個假設總是屢試不爽。

具備讀書習慣的人，因為擁有更多來自那個更廣大世界的資訊、想法，總是能夠給我們許多令人驚喜的觀點。辨識出這樣的新朋友、員工、學生、年輕人，對我來說，變得越來越容易。只要在品格以及專業領域沒問題，我也會假設他們一定很容易在他的領域出人頭地。

時間過往，如果還有機會的話，我總是會去印證。通常，這個假設也總是屢試不爽。

為了更深刻的感受

回到一開始的問題：和非文學書比，讀文學書真的比較Low嗎？

我問：「你所謂的比較low，請問是用什麼樣的標準？」先釐清問題。

「大概是指關於前途這方面的事情吧。」

「既然如此，我就從『前途這方面』的角度，提供為什麼我覺得讀文學書很重要的許多理由中，提出兩個，看看能不能說服你們，好不好？」

「好。」

「我這樣說好了，」我說：「在一群人之中，如果有一個人特別特別容易發揮他的影響力，說服別人、改變別人，你們覺得這個人在『前途這方面』會不會最有機會脫穎而出？」

沒有人反對。不過我似乎在每個人臉上都看見了「這和文學書有什麼關係」的疑惑表情。

「我來出個選擇題，想要說服別人、改變別人，」我繼續又問：「你們覺得應該是：A.用『自己覺得有道理』的意見，還是B.『別人覺得有道理』的意見去說服別人？」

大家都選B。

「你們覺得，A和B最大的差別在哪裡？」

沉默持續了一下子。趁這個空檔，我說了一個朋友告訴我的故事。我的朋友說：

> 經過檢查之後，醫師宣佈母親得了癌症，建議她住院接受化學治療，並且安排病床。
>
> 或許是我的阿姨過去化療經驗的陰影，母親回家之後想了想，竟然告訴我們她不去醫院做化學治療了。醫師明明說只要接受治療，仍然有治癒的機會。眼看她這樣的決定，我們幾個孩子都很擔心，搬出了所有想得到的理由，試圖說服她。好說歹說，母親仍然無動於衷。眼看住院的日子越來越逼近，我

們就越發焦慮。幾經溝通之後，大家火氣越大。

「媽媽怎麼這麼不講道理？」妹妹說：「難道妳不知道不治療的話，會有什麼後果嗎？」

「我當然知道。」媽媽說。

「既然知道，為什麼還這麼不愛惜自己的生命？」

「你們的生命是我給的，」媽媽越說越大聲，「我的生命是你們給我的嗎？我自己的生命，我愛怎麼樣就怎麼樣，你們有什麼資格對我指三道四？」說完轉身走進自己的房間，「砰」的一聲關上了門。

我們就這樣陷入面面相覷、不知該怎麼辦的局勢，直到隔天，在大陸工作的父親回來了。

兩個老人家相對無言。只見父親放下行李箱，二話不說，走過去緊緊地抱著母親，對著母親說：

「我們不能沒有妳，妳一定要好起來，妳若沒了我們會很痛苦……」

母親沒說什麼，只是眼淚直流。

就這麼簡單的一句話，改變了我的母親的心意。隔天，她收拾了行李，跟著我和爸爸去醫院接受化學治療了。

說完了這個動人故事之後，我接續之前，又問了大家一次：「所以，大家覺得『自己覺得有道理』和『別人覺得有道理』的意見，最大差別在哪裡嗎？」

小小的沉默之後，有人說：「在於能不能體會別人的感覺。」

「為什麼？」我問。

「同樣是勸說母親住院，小孩的說法是：要媽媽『愛惜自己的生命』，而爸爸的理由卻是『妳不要讓我們難過』。因為爸爸的說法更貼近媽媽的感受，因此說服了媽媽。」

「因為媽媽在乎家人遠超過自己。所以她寧願死，也不想拖累家人。但爸爸體會到了她的感覺，順著這個心情，給了她一個更有說服力的理由，說服去住院接受化學治療。」

「嗯，因為更深刻地體會到別人的感覺，所以能夠更有效的改變別人，這是影響力，大家同意嗎？」

大家都點頭。

「大家覺得，有什麼方法，能培養這樣的影響力呢？」

「從閱讀文學書開始。」有個同學像宣佈答案似地大聲喊了出來。

我雖然也閱讀文學作品，不過，老實說，在我年輕的時候，有很長一段時間，一點也感覺不到文學可以和我的人生有什麼真正的關聯。大概要到上了大學之後，我參加了學校的詩社，開始閱讀了更多新詩之後，有一天，我讀到了敻虹的詩句：

而感傷已是微微的了，像遠去的船，船邊的水紋……〈水紋〉

那時我正從失戀的情感中慢慢恢復。讀到那樣的詩句時，忽然有種感覺，覺得自己完全可以理解作者心中的情感——或者說，反過來，有種自己內心深處最真實的情感，被很深很深地理解了的那種感覺。

那種文學時刻很神奇又難以形容，像是觸了電的感覺。

還有一次，是讀到王國維的詞：

試上高峰窺皓月，偶開天眼覷紅塵。可憐身是眼中人。〈浣溪紗〉

那時候，正從醫院見習回來，或許一下子看了太多生老病死，心中有無限感慨。讀到這些文字時，想起這些人生的苦痛，自己將來也一定同樣地必須承受，眼眶不禁濕了……

大概在那前前後後吧，我忽然開竅似地，漸漸明白，原來文學的獨特性，和我從前想要通行無阻地進出別人內心世界的想望是一致的。

從小到大，我們接觸到的學科基本上都是「身外之學」。所有身外之學的目的，都是為了掌握這門學科的邏輯、內容。因此，學習重點在於原來「不懂」的事情弄「懂」，並且運用在日常生活中，用來處理這些被研究的對象或事物。但如果用「身外之學」的邏輯來理解「文學」的話——哪怕把它的邏輯、內容掌握得再清楚，對於日常生活，確實是一點用處也沒有。

過去，我的確是這樣的想法。但在那之後，我開始發現文學真正令人著迷之處，其實是在那個文學時刻所帶來的「感同身受」。大部分時候，人只活在自己的內心世界裡面，我們的內心像是個小小的牢籠。可是當我們被文學作品中的情境吸引，進入了角色內在的情感世界時，我們開始隨著情節高低起伏，喜悅、憤怒、憂傷、歡樂，我們隨著角色的遭遇歡笑、落淚……那時候，那個限制我們的牢籠融化、消失了。我們從自己的內心世界走出來，輕易地走進別人的內心世界。我們也輕易打開自己的世界，讓別人走進來。

我們同時是自己，也是別人，世界對我們而言，變得又大又開闊。

我開始瘋狂地啃文學書。也試圖用一種文學性的觀點在看待自己的生活。我不知道是文學影響了我的生活，或者生活影響了我對文學作品的態度，當我多一點或深一點理解別人時，我就越感覺到那種驚人的力量。

我漸漸發現，單純地只是「感受」到別人內在的情感世界，我們自己的生命就可以有很大的改變。

一直嫌父母親重複地囉嗦個不停的我們，或許沒有想過，情況之所以會如此，也許只是因為我們從來沒有感受到父母親內心深處，真正想說的只是：「因為我很愛你，所以我很擔心你。」

如果體會到父母親囉嗦的背後這樣的心情，只要簡單地回應他們：「你們的話我聽懂了，謝謝你們的關心，我會如何如何照顧自己，請你們不要擔心。」或許他們就會感到安心，甚至停止囉嗦。

面對愛訴苦的同事無窮無盡的抱怨，儘管我們用心開導，依然我行我素，稍一不慎，甚至還會遭到負面情緒波及。這樣的人，想當然耳大家避之唯恐不及。但如果進一步了解這個同事的感受，會不會在她內心深處，真正想要表達，卻無法說出來的情感是：我已經很努力了，可是我覺得很挫折……

或者，碰到一見面就給你批評指教的人，我們自然而然覺得排斥，甚至不想再聽他說的任何話，可是，在那些不悅耳的批評底下，會不會他想要表達的心情很可能只是：我對你有很深的期望……

我常常在想，如果能夠感受到對方內心深處的心情，直接回應那個情感上的需求，會不會讓事情——不管是生活的、情感的，甚至是工作的、事業上的困擾，有了不一樣的風貌，甚至是新的轉機呢？

這些體會、學習，當然是一點一滴的。

很久之後，我變成了一個作家。有一次，一個找我簽名的讀者抓住了我簽名的空檔，問我：

「我很煩惱，想聽聽你的意見。一方面我想出國去唸研究所——申請的學校也下來了，可是我又覺得放棄眼前教書的工作很可惜，擔心將來讀完研究所之後，回來找不到像這樣的工作。」

我停下簽名，抬頭看了她一眼，問她：「妳的經濟情況能支持妳出國唸書嗎？」

「可以。」她說。

「那就出去唸書吧。」

「可是，我的工作……」

「不會的，」我說：「將來研究所畢業之後，回台灣如果找不到工作，妳來找我……」

大概過了兩年左右吧，我又收到了這個讀者的訊息。她先自我介紹，並且提示那次我們的對話。她告訴我她已經從英國研究所畢業回來了，現在已經有了新的工作和願景。她對我說：

謝謝你，你當時的建議改變了我的生命。

我回了一封信給她。除了給她加油打氣外，我告訴她，我其實沒有真的給她什麼建議。我只是比她自己更清楚地感受到了她自己想要改變的渴望——那時候，她需要的，無非只是一點支持與勇氣而已。

回完這封信之後，我開始想，如果不是這些文學時刻所帶給我的生命體會，以及不斷的揣摩、觀察、印證，我一定不可能有這樣的能力為她帶來這樣的改變的。

我記得曾有在一次訪問中，有個旅遊雜誌的記者問我：如果給你一張飛機票——通行證似的一張飛機票，保證可以去任何你想去的地方，你最想去哪裡？

當時我回答：「如果真能帶去任何我想去的地方的飛機票，我希望能搭上飛機，穿梭在自己和別人的內心世界，穿梭自如。」

那段說法後來沒有被刊出來。

寫完這封回信之後，很久之前的那個採訪，以及「如果擁有通行證似的一張飛機票，可以去任何想去的地方」的問題，不知道為什麼，就這樣浮上了我的腦海。那時候，我忽然理解到，我一直擁有那些飛機票。而那些在現實上無法窺探的許多內在世界的風景，乘著文學的羽翼，我其實早就曾經一次又一次地抵達過了。

故事給我們更深刻的表達

「所以，透過文學，我們可以更敏銳、更深刻地感受到別人內在情感。基於那樣的感受，我們更能影響別人。是這樣的嗎？」有個人問。

「謝謝你的總結。的確是這樣沒有錯。不過，我想補充一點，那就是，人與人之間的關係都是緊密相連的，因此，想要改變別人，雖然需要先理解別人內在的情感，但改變是從自己開始的。這樣說，明白嗎？」

大家點了點頭。

「還有一個呢？」另外一個人問。

「嗯？」

「你說要給我們兩個理由，剛剛只說了一個。」

「在表達我的第一個理由的時候，有沒有人算過，我一共說了幾個故事？」

同學們開始計算：朋友勸母親去醫院化療的故事。我接受訪問時提到的飛機票的故事、自己發現了生活和文學連結的故事、建議讀者出國讀書的例子……有人算了算說四個。也有人說，囉嗦的父母、愛抱怨的同事、一碰面就給我們批評指教的人也應該算是故事。一時之間，答案很多，眾說紛紜。

「如果我跳過故事，直接說結論，就像剛剛提到的那樣：『透過文學，我們可以更敏銳、更深刻地感受到別人內在情感，基於那樣的感受，我們更能影響別人。所以，讀文學書，一點也不low。』這樣的說法，你們覺得如何？」

有人搖頭。

「為什麼搖頭？」

「因為沒有Fu（感覺）。」

「但是聽了我的故事之後，因為故事讓你們有Fu，你們願意接受這個Fu後面的道理與邏輯？」停頓了一下，我繼續又說：「所以，如果我說，故事是把觀點或想法傳達給別人，最強而有力的橋樑，你們同意嗎？」

我看見大家都點了點頭。

「好，我再請教大家，美國國父華盛頓除了領導美國獨立戰爭，創建了美國之外，大家還對他有什麼印象深刻的事？」

有人說：「他砍倒了爸爸的櫻桃樹。」

大家笑了起來。

「沒錯。宋朝司馬光，除了編撰《資治通鑑》外，大家還記得他做過什麼事？」

「他小時候看見小朋友掉進水缸裡，用石頭打破水缸，救出了同伴。」

「孔子的弟子宰予呢？」

「他上課睡覺，被孔子罵。」

「這些人的一生，其實還做了很多對他們來說更重要、更重大的事。可是，為什麼大家都只記得的這些小事呢？」

「因為這些都是故事。」有人說：「因為是故事，所以容易引起共鳴、被記住，因為被記住，所以留下來了。」

找不到比這個更強而有力的表達方式了。

「學會用說故事來自我表達。這就是我給大家為什麼要讀文學書的第二個理由。如果你們認同的話，」我說：「我希望你們讀文學書時也能學習作者說故事的方法，並且從述說自己的故事開始，試著把自己的情感、觀點透過故事表達給別人，好嗎？」

「如果自己實在沒有什麼故事好說呢？」有個人抬高了手問。

「一個沒有故事的人生，那是你們真心想要的嗎？」我笑了笑說：「那可真的要很認真、嚴肅地好好反省反省了。」

8. 或許最大問題，是和自己不熟吧？

三個初衷

或許是我天性善良，從小到大，常被朋友們沒完沒了的愛情問題糾纏不清。這些愛情問題，雖然表象看起來不太一樣，但每次我盡心盡力地提出分析、建議之後，得到的結果十之八九差不多都是：

提出問題的人，對答案並沒有太大的興趣，或者，好一點的——就算聽了答案，也完全依照自己的意志——往和你的建議完全相反的方向去進行。

我的單身漢好友L時好時壞的愛情就是最典型的例子。

好不容易勸和了，兩個人又開始吵吵鬧鬧。問他們何不乾脆分手算了？答案又是捨不得啦、不想主動啦……總之，這些問題，就這樣糾纏他們，還有我，持續了好幾個月，像遊樂園裡的旋轉木馬一樣，似乎只要馬達繼續轉動下去，騎在木馬上的人就永遠繞圈圈重複，看不到盡頭。

「到底該分手呢？還是繼續在一起？」

有一次，當我又陷在Mr. L已經數不清第N次重複的同樣問題裡時，我忍不住對他說：

「你何不把當初為什麼喜歡這個女孩子，最重要的三個初衷寫下來？」

「啊？」他有點愣住了。

「最重要的三個。我希望你認真想想，好好地把它寫下來。」

「為什麼要我寫這三個初衷？」他問。

「開始一件事，或一段重要關係時，我有個習慣，就是我會寫下為什麼會開始這件事的三個最重要的初衷。等過了一段時間，發現自己對這件事或關係有所懷疑時，會再回頭看看當初這三個初衷。」

「同意。然後呢？」

「對我來說，如果三個初衷都還在，那當然沒什麼問題。萬一還剩兩個的話，通常我自己不排斥再撐一下，如果只剩下一個或一個都不剩，挽回的機會就很小了。」

他有所悟地點了點頭。

「還有，在你還沒有寫出這三個初衷前，我不想再跟你談任何和這個問題有關的事了。」我說。

出乎意料地，他立刻拿出紙筆，寫下三個初衷，交給我。我瞄了一眼紙條的三個初衷，第一個是容貌優、腿長、身材好。第二個是活潑熱情。第三個應該是興趣或工作之類的共同嗜好，記不太清楚了。

他問我：「你要聽聽我的這三個初衷，現在還剩下幾個嗎？」

我阻止他，嚴肅地對他說：「重要的不是我，而是你必須說給你自己聽。這個方法你也可以請她試試。如果對方也願意的話，你們可以互相討論為什麼喜歡彼此的初衷。也可以討論討論這些初衷現在還剩下幾個，以及為什麼會變成這樣。」

比三個初衷更重要的事

大概過了一、二個月之後吧，L忽然出現在我面前，對我說：「我們分手了。」

「你確定？」

他點點頭。「這次很平靜，竟然沒有吵架。」

「為什麼？」

「之前你不是叫我寫下三個最重要初衷嗎？有一次吵完架，送她回家時，我告訴了她你的方法。我對她說：有些事，我們得好好想想。沒想到她欣然同意。」

「後來呢？」

「那之後幾個禮拜時間，我們雖然還繼續見面，但沒有人再提起這件事。我們之間的情況，也和以往一樣，時好時壞。但是奇怪的是，每次想起你說的那三個初衷之後，我總覺得事情在我的內心，開始有很微妙的變化，就這樣，直到昨天晚上，她約了我見面，主動提出了分手的打算。」

「她跟你說了分手的理由？」

「她談起了她當初喜歡我的三個初衷。」

「都不剩了，對不對？」

L搖搖頭說：「她說，三個都還在。」

「那你呢？」

「我也是三個都還在。」

「既然如此，為什麼要分手呢？」

「她說，她覺得很矛盾，儘管三個初衷都還在，但她對這段情感的感覺卻越來越冷淡……」

「那你呢？」

「我好像也有同樣的感覺。」

「後來呢？」

「後來她說了一句話：或許，我們的初衷都錯了吧？」

「啊，初衷也會錯？」這可有趣了。

「應該不能說錯，而是應該說：『或許有比那三個初衷更深刻、更重要的事情，當初我們並不瞭解。』我把這個想法對她說了，她告訴我，她完全明白我在說什麼。聽她這樣說，我有一種如釋重負的感覺。奇怪得很，這可能是這幾個月來，我們難得、少數、僅有的共識。」

我點點頭，沒說什麼。

「有了這樣的共識之後，我們彼此忽然一點吵架的心情也沒有了。分手得那麼平和，連我自己都嚇了一跳。」說完他安靜了一下，過了好一會兒才對我說：

「謝謝你，你的方法真的幫了我們很多。」

問題是：我們和自己夠熟嗎？

就這樣，我意外地，拆散了一段戀情，也得到了一段安靜的時光——老實說，連我自己也不知道算是好事還是壞事。

在那之後，有好久的一段時間，我常常哼著小時候聽過的一首歌：

如果我要談愛的時候，我有四個希望。找到一個愛人的時候，我有四個希望。第一個送我一朵玫瑰花香，第二個摘下一顆星星閃亮，第三個陪我上山看月亮，第四個陪我海邊手把手走沙灘。如果你肯聽我的希望，我就永遠永遠，癡癡地真情地愛上你，永遠永遠在身旁……

〈四個願望〉作曲：鈴木淳 作詞：慎芝

我也不曉得為什麼。總之就是沒有什麼原因，毫無抵抗能力地就那樣哼著。

不過，沒有Mr. L糾纏的安靜時光並沒有持續很久。

在那之後將近有一年的時光裡，Mr. L又有了好幾次的戀情，儘管每次他都會煞有介事地寫下一開始喜歡那個對象的三個初衷，但最後，不幸地，戀情總是以不歡而散收場。

有一天，就在哼著這首歌的時候，我忽然停了下來。雖然當初慎芝小姐歌詞想表達的，也許只是一個情竇初開的小女孩可愛的心情，但我就是忍不住焚琴煮鶴地開始分析這首歌曲的歌詞。我開始想，用歌詞裡面的四個願望，或者「初衷」，去尋找愛人的這個小女孩，得到幸福的機會應該趨近於零吧。

為什麼呢？

因為關於幸福，在她內心世界裡面，應該有比現在這四個浪漫的願望、或初衷，更深刻、更重要的事情，她不瞭解，也沒有想過吧？

在這樣的情況下，就算她真的找到了一個符合她現在所有願望，「十全十美」的情人，真正的幸福，離她應該也很遙遠吧？

希臘哲學家普羅塔格拉斯（Protagoras）曾經說過：「人是萬物的尺度。」但問題是：如果你對這個尺度的認識有問題，或者這個衡量的尺度是扭曲的，那麼，你衡量世間一切萬物所得到的結果，當然也是錯的。

同樣的，如果不回頭好好地探索自己、認識自己，一直向外追逐，真的能找到我們想要的快樂和幸福嗎？

會不會，最大的問題，是我們和自己其實並不熟呢？

沒多久，L又興高采烈地對我宣佈了他的新戀情。他興致勃勃地向我展示新女友的照片，還說：

「我真的很認真地想過了喜歡這個女孩最重要的三個初衷。這次我的新的三個初衷完全不一樣了。」他說。

「噢。」我心想，想過了就好。

他興奮地問：「你要不要看看我這次的三個初衷？」

不知道為什麼，我想都不想，立刻就回答他：「不要。」

9. 回到事物的本質

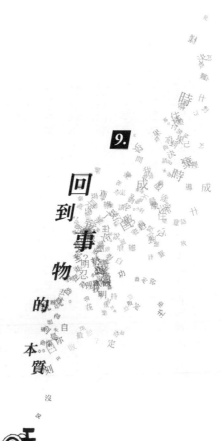

在一場演講之後，有個年輕醫師對我提出了一個問題，她問：

「在這個如此令人心力交瘁的醫療體系中，你覺得我該怎麼樣，才能保持對病人的熱情？」

「當摯愛的人需要幫助時，我們自己不一定總是有機會幫得上忙。但作為一個醫師，眼前我們能幫忙的病人卻一定是某個人心中的摯愛。天使不一定應我們的召喚而來，但換個角度想，我們總是可以成為別人生命的天使。」我說：「我不知道這樣的想法，對妳有幫助嗎？」

「問題是，如果周遭的人考慮的都只是自己，每個人都在敷衍、推托，每個人都是你的絆腳石，難道你不因此而感到挫折嗎？為什麼你還要幫助別人呢？」

看著她臉上的表情，不知怎地，我想到了自己和一位法師的一段對話。於是我問她：

「妳想過當醫師這件事，本質是什麼嗎？」

「本質？」她睜大眼睛，不解地看著我。

是佔有，還是付出？

那是沒多久之前，我和一位法師的一段談話中，最重要的結論。

那回提問題的人是我。我之所以會提出這樣的問題，實在是因為曾經聽過這位法師一口氣回答了二十多個台下信眾的人生大哉問。法師比我年輕，但回答問題卻有條有理、從容不迫，娓娓道來，令人好生佩服。因此，一抓到和他單獨聊天的機會，我就迫不及待地請教他：

「你碰過你自己完全沒有經驗，或完全不知道答案在哪裡的問題嗎？」

這位法師對我說了一段關於他第一次上台回答問題的故事。他說：

「那時候，我比現在年輕很多。因為師父身體不舒服，臨時指定由我隔天代替他上法座，回答信眾問題。為了這個我在菩薩前祈求，希望祂能保佑我順利完成任務。我雖然很擔心，可是心裡想，有佛菩薩的加持，應該沒有問題吧。沒想到隔天我坐上法座，座下傳來的紙條中，第一個問題就是：法師，我先生有外遇，我該怎麼辦？」

聽到這個問題，我笑了。「結果呢？你怎麼回答這個關於外遇的問題？」

「因為實在是沒有經驗，因此，我只能回到佛法去找答案。」

「佛法也教怎麼處理外遇？」這可有趣了。

法師點點頭，繼續又說：「於是我問她：妳愛妳先生嗎？她回答我，她愛她的先生。」

「我說：關於愛的目的，有一種是佔有，滿足自己，另一種是付出，讓對方感到快樂。對妳來說，妳的愛是『佔有』還是『付出』？妳覺得哪一種愛會為妳帶來真正的幸福？」

聽法師這樣的回答，我點頭如搗蒜，立刻和他分享了一段我的病人的故事。

回到事情的本質思考

幾年前我還在醫院工作的時候，曾經有個罹患末期癌症的女病患，因為得知先生有外遇，試圖割腕自殺，被醫護人員搶救了下來。我去病房看她時，她的情緒還很激動，在我面前哽咽地說：

「我什麼都沒有了……」

那時我有點手足無措，不知該怎麼應對。

「妳應該很愛妳先生吧？」這個又笨又突兀的問題一出口，我就後悔了。聽我這樣問，病人似乎也有點愣住了，她竟然止住了哭泣，對我點點頭。場面變得有點尷尬。接下來，似乎我應該說些什麼安慰她才是。或許潛意識覺得醫師應該告訴病人「真相」吧，我不假思索地就對她說：

「既然妳愛他，妳都要走了，有人願意幫妳照顧他，有什麼好難過的呢？」

我到現在還記得病人睜大了眼睛，一臉錯愕看著我的模樣。儘管後來我又說了很多撫慰她的話，可是她仍然一臉不敢置信的表情。離開病房之後，我越想越忐忑，生怕因為自己的一番話，又讓病人想不開。當天晚上我特別打電話到護理站關心病人的狀況，迴診時也特別花時間和病人多聊天。她客客氣氣地回應我的問題、謝謝我的迴診，我們之間行禮如儀，彷彿什麼都沒有發生過似的。

大概過了一個禮拜之後，就在我在她的病床旁重新調整機器的疼痛藥物劑量設定時，她忽然主動開口對我說：

「我想過那天你告訴我的話了。昨天我約了我先生，跟他談開了。」

「談開了？」實在不知道如何接話，只好重複一遍。

「我把你的話跟他說了。我告訴他：我認真想過，既然自己都要走了，有人願意照顧他，我感到很高興……」

「他怎麼說？」

「他沒說什麼，只是一直流眼淚。」

我注意到淚水沿著她的臉頰滑落下來，連忙把衛生紙遞給她。

「過了一會兒，他竟然在我面前跪下來，一直跟我說對不起，請我原諒他……」她擦了擦淚水，繼續又說：「我對他說，是我不好。我對不起他，生了這個病。這些日子辛苦他了。我很感謝他，也對他很抱歉，沒有辦法再陪他走下去了。我希望他能把那位小姐帶來，我想拜託她，請她在我走後，好好照顧我先生。」

走出病房時我有一種很奇怪的感覺。當初我脫口而出這句話的時候，一點也沒有想到，會是這樣的結果。

後來病人的先生真的帶著那個小姐來看她。病人也拜託那個小姐往後好好照顧她的先生。在那之後，我在病房見過那個小姐幾次——一個看起來很單純、溫和的女孩。顯然，那位小姐和病人先生常來病房看她。

一個多月之後，病人過世了。臨終前幾天，她把我找去，對我說：「謝謝你，你讓我想開了，沒有把這段最寶貴的時間用來找律師、上法院，和先生吵吵鬧鬧，整天哭哭啼啼。現在我很放心，我覺得我的生命很圓滿，沒有什麼好遺憾的……」

我握著她的手，不知怎地，這次輪到我淚水直流。

聽完我的分享之後，法師有所思地說：「是啊，回到事情的本質思考，是很重要的一件事情。」

如果沒記錯的話，本質兩個字就是這樣跑出來的。看我一臉好奇的表情，法師繼續又說：

「當生命遭遇困境、或重大選擇時，經驗固然很好，但比經驗更重要的是回到問題的本質，從那個本質的角度來思考、選擇。愛一個人的時候，去思索愛的本質是什麼？當我們對自己從事的工作感到困擾時，思考這個工作的本質是什麼？對自己的決定不安心時，思索這個決定的本質是什麼……只有回到這個本質的思考，我們在取捨之間，才有更重要的標準。有了這樣的標準，我們在面對自己的決定時，才能有真正的安定和開闊。」

為自己的生命作主

「本質？」

「所謂的本質，」我說：「指的是一開始，你和某一件事情產生關聯，最基本、也是最重要的理由。」

看著年輕醫師一臉不解的表情，我把沒多久之前和法師的對話，重新又說了一遍。說完了之後，我又問她：

「回到本質的思考，妳覺得妳當醫師這件事的本質是什麼？」

「我想幫助病人。」她說。

「這是妳的生命中很重要、真心想要的事吧？」

她點點頭。

「如果妳想幫助病人，周遭的人只考慮自己、敷衍、推托，會不會影響這件事的本質？」

「可是，」她想了想，「我的周遭充滿了黑暗……」

大部分的時候，我們的人生，都只是被動地反應這個世界丟給我們的問題。直到最後，這些情緒淹沒了我們，讓我們再也看不見事物的本質，再也無法回到本質，從那個角度思考。

「正是因為黑暗，所以天使的光芒才容易被看見，不是嗎？回到本質的思考，如果妳想幫助病人，」我說：「這個最壞的時刻，不也正是最好的時刻嗎？妳到底想要為自己的生命作主呢？還是讓周遭那些敷衍、推托的人，為妳的生命作主？」

千萬要加油啊！我心裡吶喊著。

10.

那個本來門檻值爲3的人

我想，許多人小時候夢想未來要改變世界，但長大後離這個夢想越來越遠，甚至試圖讓自己不要被世界改變……社會似乎教導我們以短視近利速成的方法前進，我們都知道問題，卻似乎無能為力，最簡單的從自己做起，似乎又太慢；我們是否能用什麼簡單有效的方式影響這個社會，讓它因我們有些不一樣？如何持續對與理想背道而馳的世界充滿熱忱？

這是在二〇一二年夏天的那場座談會上，一位讀者提出來關於「改變」社會、「改變」世界的問題。老實說，在那次座談會上，類似的問題還有不少。從年輕人身上聽到這麼多和我當年曾經發問過，幾乎是一模一樣的問題，有點出乎我的意料。有人感嘆世代代溝，也有人感嘆世界變化太大，但換個角度想，不管歲月如何流逝，人關心的事情一直是相去不遠的。

當然，這些一代又一代，幾乎是重複的問題，並沒有什麼簡單的答案。但是面對這些問題時，無可抑遏地，勾起了許多當年的往事，以及心情……

世界是可以被改變的

大學四年級時，我第一次動了想放棄醫學，到國外學電影的念頭。這個想法，如同我所預期的，受到家人一致的反對。當時我對媽媽說了很多關於創作的想望，媽媽也對我說了很多關於前途的現實。我們誰也沒說服誰。

後來媽媽被我搞得有點不耐煩，對我說：「當醫師，哪怕醫術再差，一輩子下來，多少也會救一些人吧？」

同意。

「反過來，電影呢？電影裡面一些浪漫的愛情，讓許多少男少女對愛情充滿了不切實際的想像。用這種心情去談戀愛了，結果呢？能不幻滅嗎？每年都因為失戀想不開自殺的人有沒有？你敢說這些人裡面，沒有一個人受到電影的影響嗎？」

在那之後，我的母親問了一個很嚴肅的問題：

「一邊是幫人，一邊是害人。你自己想想，你這一輩子，到底是想救人還是害人？」

或許因為沒有能力回應母親質疑，大四那年我並沒有真的放棄醫學去學電影。如同我的母親以及大部分的親友所期待的，我變成了一個在大醫院工作的醫師。當時我一點也沒有想到，有一天，我會真的辭去大醫院的工作，變成了一個專職的作家，以及之後會經歷的許多事。

回想起來，我生活在一個改變得非常激烈的世界裡。

記得小學時，有一位同學家裡裝了電話，我跑回家告訴祖母時，吵著家裡也要裝電話，我的祖母問我：

「除了這個同學之外，你認識的人，還有誰裝了電話呢？」

我想了想，搖搖頭，的確一個都沒有。

「既然如此，你裝了電話，除了這個同學之外，你能打電話給誰呢？」

七〇年代，我在台灣南部度過我的青少年時代。那是一個經濟突飛猛進的時代，台灣GDP開始起飛、成長，十大建設浩浩蕩蕩地在整個島嶼建設著。在那十年之間，我的父母買了一棟二十坪的房子，我們從租房子到了有自己的家，家裡也從沒有冰箱、電視、電話、冷氣機，到了這些「現代化」家電一應俱全。

一九七八年中美斷交之後，台灣漸漸從國民黨一黨專政的威權時代過渡到民主時代。當時我在台南讀高中，寄宿在親戚家裡。我的堂哥定期會買美麗島雜誌。雜誌裡面，有許多反對國民黨威權政治的文章、報導。每次吃飯談起雜誌裡面的文章，大家都會談得義憤填膺。一九七九年美麗島事件在高雄爆發時，愛擔心的母親還特別打電話叮嚀，要我答應，絕對不去高雄看熱鬧。

八〇年代，我在台北唸大學時，改變的氣氛彌漫整個社會。令人大開眼界的「國際影展」、各式各樣的演講、「唱自己的歌」的民歌風的流行……令人眼花撩亂。到了選舉期間，政見會激情、熱鬧的程度更是遠超過現在任何天王巨星演唱會。我就見過一場政見發表會，因為丈夫觸犯當局法令入監，太太代夫出征。這位黨外候選人，沒有任何政見，從頭到尾只在台上唱著〈望你早歸〉、〈安平追想曲〉，台下掌聲就已如雷貫耳。我看見一卷一卷用橡皮筋捆起來的鈔票，就這樣不斷地被群眾往台上丟，鈔票掉到地上去了，被撿起來繼續往台上丟，沒有任何一個人往口袋裡面塞。

九〇年代之後，我從部隊服役退伍，進入台大醫院擔任住院醫師。才上班一年不到，就遇到野百合學運。當時有數千名學生在醫院附近的中正紀念堂集會抗爭，提出四大要求：解散國民大會，廢除臨時條款，召開國是會議，政經改革時間表。我們一群年輕醫師也跟著熱血沸騰，抱著許多醫療用品，志願投入絕食區，照顧絕食學生。

在那之後，台灣接二連三召開了國是會議、廢除了萬年國會、廢除臨時條款、開啟總統直選、政黨輪替……回想起來，我的成長過程是很美好的。那時候，我們在長大，台灣也在長大。不管是個人的身體、知識、事業，甚至是台灣民主、自由、進步、繁榮……都用一種驚人的面貌，每天在變化。感覺上好像所有的努力，都會有所應許，所有的不義、不公似乎都可以改變，所有的美好都可以實現……

我想過要改變世界嗎？當然。

從某個角度來說，我甚至理所當然地覺得世界當然是可以被改變的。

這一輩子，到底是救人還是害人？

大概是在這樣「改變世界」的心情以及氣氛之下，一九九七年我辭去醫師的工作變成專職作家之後，開始以台灣當代為背景，書寫了探討權力的《白色巨塔》、探討教育體制的《危險心靈》、探討名氣的《靈魂擁抱》……

這些小說，儘管面相各自不同，但我其實都想和讀者一起去質疑，這個以個人利益，以自我為核心，以競爭為遊戲規則的世界，我們相信權力、學歷、名氣、財富，是通往快樂人生的唯一手段。我們崇尚競爭、追求勝利。這樣的核心價值，普遍地滲入醫療、教育、傳媒、商業……的領域。於是我們有各式各樣為了領先不擇手段，為了自身利益不惜傷害別人，種種墮落、沉淪。人人追求快樂的結果，我們變得越來越不快樂。但除了繼續競爭、繼續追求個人的領先之外，我們無可奈何又充滿無力感。

繼續無止境地這樣走下去，這個世界到底要把我們帶到哪裡去？

二〇〇二年，我以發生在一名十五歲的小男生身上的真實故事為原型，開始書寫《危險心靈》。我虛構了謝政傑這個角色，他因為上課看漫畫，連同課桌椅被老師趕到教室外面上課。這件事隨後引發了家長的關心，又因為家長涉入，造成了老師的反彈，以及之後的種種對立、抗爭。我希望藉著謝政傑的故事，讓大家重新思考教育的本質。誰是受教育的主體？是孩子，還是我們的體制？教育是在傳遞知識給孩子，還是用考試在篩選，分類孩子？

整個受教育的過程，我們到底是教導孩子學會思考、關愛、分享、尊重？還是，我們只是複製了整個社會私利、競爭的價值給孩子？

我訪問了許多人，閱讀了許多資料、案例，我懷抱著替這個小男孩（甚至替所有曾經受過國中教育的孩子）發聲的心情，以謝政傑的第一人稱敘述，開始敘述《危險心靈》的故事。故事寫著寫著，我彷彿回到了自己青春歲月那些無止境的讀書考試裡。我覺得我好像化身成為十五歲的謝政傑，奮力地把生命投注進一場在我十五歲的時候沒有勇氣發動的革命。

我讓謝政傑帶著大家，一起去質疑我們的教育制度，一起掀開一場教育部前面的大抗爭……半年之後，我的身體開始出現狀況。白天我腰痠背痛、手臂肌腱發炎，夜裡，輾轉難眠，好不容易睡著了，又做著和謝政傑在小說中做過一模一樣的夢。朋友勸我暫時給自己一段休息時間，醫師也警告我要注意自己的身體，可是我就是停不下來。

二〇〇〇年之後，台灣的藍綠對抗的氣氛變得越發嚴重。整個台灣社會陷入種種的八卦、族群對抗、口水戰爭。政客、媒體名嘴、社運人士、工運人士、投資人、中產階級……所有的人都在捍衛著自己的權利，所有人都在抗爭。過去那種「世界可以改變」的氣勢忽然停滯了下來，整個社會像是忽然失去了引擎動力的船，一切都在原地打轉、隨波逐流。

二〇〇三年，當我終於身心俱疲地交出《危險心靈》書稿時，台灣正流行著SARS。馬路上，所有人都戴著口罩。我在電視新聞上看見了逃離自己崗位的醫師，也看見了所有人的恐慌。

書出版之後，引起了許多共鳴。到了年底，這本書在各個連鎖書店，成為年度第一名暢銷書，報紙上、網路上，更是滿滿的都是關於這本書的評論、閱讀心得。

很多人透過長長的信件、email，告訴我他們的經驗、感動。讀著這些信，我常常激動莫名，甚至有一種教育似乎有了變化的契機的感覺。

但那只是我的錯覺。

儘管《危險心靈》小說受到歡迎，但這個故事並沒有對故事原型的那個小男孩有任何幫助。在現實生活中，他經歷了轉班、轉校、種種不順利的求學過程，又到國外去唸書，耗盡寶貴青春，試圖掙扎走出這段陰影，證明自己並沒有錯。

更令人挫折的是，隨著社會的分裂，人與人之間的信任遭到撕裂。教改制度一改再改，入學計分方式一變再變，教育部長更替的速度，一點也不輸給《危險心靈》故事中的情節。所有的改革方案，都在政治紛爭中不斷角力。一屆又一屆的「白老鼠」畢業了，學生的考試壓力越來沉重，坊間的補習班一天比一天增多。教改一改再改，這個體制背後競爭、考試的本質依然不動如山。

現實是如此之沉重，難以撼動。

二〇〇四年，當我交出《侯文詠極短篇》的書稿之後，正好遇見了大選之後激烈的藍綠抗爭，我驚訝地看到了《危險心靈》小說最後的大抗爭，在台灣街頭變成了真實。

過去，所謂的抗爭是在威權體制下，受到壓抑的民眾為了更多人長期的利益，於是展開的抗議行動。基本上，它的形式是「弱」對「強」，目的是為了「公義」。如今，更多所謂的抗爭，說穿了，是擁有「強勢」資源的政客，為了自身的利益，以公義為藉口，煽動群眾情緒，造成的「強勢」對「強勢」的對決。

這些微細的差別，在那時，我未必能像現在這麼清楚地察覺。我甚至開始懷疑，我在《白色巨塔》、《危險心靈》裡面所發出的吶喊，和現在撕裂著整個社會的那些嘈雜的聲音有什麼不一樣嗎？

我真能改變這個世界嗎？還是我所做的一切，無非也只是讓這個世界變得更混亂，更缺乏共識？

二〇〇五年，一位在寒夜中被喝醉酒的父親毆打而重傷昏迷的邱小妹妹，在台北被許多醫院以沒有空間收容為由一再轉送，導致了病情延誤，最後終於宣告不治。邱小妹妹事件引發了民眾對醫療體系積壓已久的不滿。報章雜誌以諸多的版面報導這個消息，媒體也以「邱小妹事件，見證白色巨塔生病了」為標題，要求醫療改革。

看著這一切的混亂，我的心情低落到了極點。

我所寫的故事，真的能改變什麼嗎？萬一我相信的是錯的，怎麼辦？

大學四年級時，第一次想放棄醫學院課程，去讀電影時，母親曾質疑過我：「你這一輩子，到底是想救人還是害人？」

幽靈似的，那句話又回來了。

我很悲觀地想著，如果用母親這個最簡單的標準——救人，來看待我辭去醫師工作變成一個作家之後所做的一切，我其實是一事無成的。

有一段不算短的時間，我不知道自己應該寫什麼，或者還能寫什麼。我甚至有停筆的打算。

理直氣壯繼續寫下去

二〇〇四年夏天，我和雅麗開著汽車用一種不確定會怎麼走，不確定會停在哪裡，不確定走到哪一天結束的方式，展開了環島旅行。

那時雪山隧道還沒打通，我們沿著東北角海岸，一路往東行駛。一路上，除了雅麗之外，我的鏡頭裡面一個人也沒有。我帶著簡單的單眼數位相機，拍了很多照片。那次，我幾乎拍了上千張的天空、雲朵、道路、樹影、海港、船舶、波浪、電線杆……陽光很艷麗，拍出來的照片顏色也很好。奇怪的是，我當時有種很奇怪的心情，透明而清冷，和照片的氛圍很不相同。當時我並沒有去深究，反而是過了很久以後，我才發現在這之前的旅程上，除了雅麗之外，我的鏡頭幾乎沒有拍進任何一個人。那些不說話的天空、不說話的雲朵、不說話的道路、不說話的樹影、不說話的海港、不說話的船舶、不說話的波浪……其實正是我和自己內心的某種深切的對話。

我們的汽車就這樣走走停停。我第一眼注意到那些稻禾是從花蓮往台東的路上。一股巨大的衝動讓我停下汽車，開始拍攝。從此之後的連續好幾天，我被自己的熱情有點嚇了一跳。一路上我幾乎是無法壓抑這樣的衝動。看到了稻禾就想停下來拍照，我拍攝了水田、灌溉的川圳、正在長大的秧苗、遠方的山、靠在山上的雲、雲在水田裡的倒影……

我不停地拍照，甚至神經質地覺得自己彷彿聽到了那些稻禾正在長大

照片提供：侯文詠

的聲音。我不明白到底是什麼樣的衝動，或者這樣的拍攝到底要帶我走到哪裡去。像個興致勃勃的小說讀者，翻動頁面似地不斷地按下快門，彷彿那一田田水田之間，真的存在著什麼動人的情節似的。

我就這樣一路拍到了池上這個稻米之鄉。街上到處是讓遊客品嘗池上米的便當餐廳。我走進一家便當店，店裡面貼著巨大的海報和文宣，文宣裡一個創始的阿嬤講了一段類似這樣的話（就我記憶所及）：

大溪只靠著一樣豆干，就可以養活全鎮的人。因此，不要小看我們賣的只是一個便當，因為除了米之外，我們還多出了滷肉、薑片、醬瓜、青菜……只要用心把每一樣菜都做好，我們就有比別人更多的機會……

那是一個從台灣光復之後，一直賣到了現在的便當，我和雅麗買了兩個便當，和許多不認識的遊客坐在一起吃飯。大人、小孩，嘈雜的聲音、零亂的感覺，一切的一切，都是在台灣每天活著的日常生活裡，普通得不能再普通的聲音。我不知道是不是因為我的心情，或者是一路上那麼多的稻禾的緣故……在那樣的普通裡，卻有了一種很不普通的氛圍。那種氛圍，讓我感受到米飯的香味——那種每天吃著的米飯，一直都有的香味。

吃完飯，我拿起相機，隨手拍下了幾張照片。我甚至沒有選取任何角度、考慮光線，也沒有故意避開桌面上的那些狼藉，就按下了快門。在那些從許多標準來看都不符合美學原則的照片裡，它仍然保留下來了某種看不見，我卻很在乎的感覺……

那幾張吃飯的照片為我瘋狂的稻田攝影畫下了一個句號——或者應該說開啟了新的句子。我注意到在那幾張照片之後，我的相片裡又開始出現了人。有種了一輩子米，終於種出「冠軍米」的老農；有從台北返鄉，虧損了多年，但無論如何也要幫助村落的農夫栽培出高品質的有機米的碾米商人；有從城市回歸故鄉，決定開創屬於自己理想民宿的年輕人；也有在窮鄉僻壤賣著水果、烤肉，一個不停地告訴我她的兒子是數學資優生，她無論如何辛苦，也要支持他代表台灣去美國參加比賽的母親……

有一種力量叫感動

在那之後，我似乎漸漸又有了繼續寫作下去的力氣。儘管當時，我並不知道那樣的力量從何而來，但碰到心情困頓的時候，我總會像那次的旅行一樣，開著車子，不設定任何目的地到處去旅行。

有一段不算短的時間，我的書桌前的小小佈告欄上，一直貼著那趟旅行拍攝的照片：無聲無息地成長著的稻禾，倒影在水田裡無語的天空，慵懶的雲朵，老農、碾米商、民宿主人以及滿屋子嘈雜地吃著飯包的人……

儘管翻開報紙或者打開電視時，新聞畫面裡的台灣不斷出現令人失望的消息，但我漸漸學會怎麼和這樣的落差相處。似乎只要抬頭看見照片中亙古不變的雲朵、天空、成長的稻禾……我就會得到一種更大的開闊。那樣的開闊，很神奇地提供了我一種安定的力量，讓我理直氣壯地繼續寫下去。

二〇〇四年秋天，映畫傳播公司的郭建宏老闆約了我吃飯。他說：

「我的女兒是你的讀者。她非常喜歡你寫的《危險心靈》這本書。她對我說：爸爸，如果你能把《危險心靈》拍成電視劇的話，我一定會為你感到驕傲的。衝著我女兒這句話，我就來找你了。」

我考慮了幾天之後，答應了郭老闆的邀約，擔任這部電視劇的製作人。透過朋友的輾轉介紹，我終於和《藍色大門》導演易智言通上電話了。當時我們並不相識，我開始自我介紹，並且說明我想邀請他來拍攝《危險心靈》電視連續劇的想法。

「我先去買小說來看看，看完我們再談。」他在電話中對我這樣說。

過了幾天之後，他回電了。

「我答應你的邀請。成長一直是我關心的題材，我覺得這是一個對台灣社會發言的機會，我會珍惜這樣的機會。」

易智言導演找了幾位修他在國立藝術大學編劇課的學生，組成了一個編劇小組，開始推動了這個工作。幾個月之後，執行製作以及卡司加入。透過大量篩選、面談，我們看見了黃河、紀培慧、張書豪……這些十五、六歲，從來沒演過戲的新面孔。在那之後，是溫昇豪、蔡燦得、高捷、李烈、關勇……這些身經百戰的演員。然後是美術、服裝、攝影師、燈光……

就這樣，能讓這件事情實現的人，一個接著一個出現了。

二〇〇六年六月開始，《危險心靈》三十集連續劇，在公共電視台週一到週五，每天晚上八點到九點鐘播出。三十集的連續劇又把謝政傑這個十五歲小男生的故事推向另外一個高潮。每天九點鐘電視劇播完之後，公共電視網頁上的論壇總是被太多、太長的留言衝爆，無法動彈，一直要到將近九點半左右才慢慢恢復。每天連續劇播完之後，我都在網頁論壇上流連忘返。隨著大家激情、吶喊、憤怒、悲傷、感動……

那種巨大的感受，前所未有，如同一個人從空谷發出聲音，卻聽到千軍萬馬般的回音那種震撼。

……正因為我們一起感動，一起思索，一個微不足道的國中生才有了力量，一個小小的謝政傑也才有了深刻、厚度的可能。也正因為有了那樣的力量、深刻和厚度，我們才可能對這個世界重新再創造，撼動那些無可撼搖的。

《危險心靈》播映結束當天，我在留言板寫下了作為一個製作人的謝幕辭。但光只是感謝，是不夠的，我的野心比這個還要大上許多，我繼續又說：

戲結束了。但從某個角度而言，《危險心靈》是未完成的，因為每個人的心中都有屬於謝政傑的角落，就像謝政傑還要繼續成長下去一樣，我希望《危險心靈》也繼續被曾被它感動的人，以不同的方式，更大的力量，在自己的生命中，在我們生存的社會、世界裡，繼續再書寫下去……

這只是開始。我心裡期盼著。

我救了一個人

二○○七年冬天，在《危險心靈》大綻放光芒，贏得了當年金鐘獎最佳電視劇、最佳男主角這兩個最重要的獎項之後沒多久，一個國中小孩因為上課說話，被老師處罰，連同課桌椅搬到教室外面上課。

媒體上刊出了那張孩子連同課桌椅被移到教室外上課的照片。顯然《危險心靈》的記憶猶新，而照片又和電視的片頭謝政傑無奈地被迫搬著桌子到教室外面上課的情境一模一樣。大家對於謝政傑的情感，很快投射到這個事件的主角身上。數不清的抗議電話湧入學校、市政府主管單位以及市議會。

一天之內，輿論以及各方的壓力下，校方很快出面道歉了，學生的課桌椅也搬回了教室恢復上課。

我在晚間新聞看到了那則新聞報導。新聞畫面的背景似乎是下課在教室外面追逐嬉戲的孩子。一位代表學校發言的老師對著鏡頭說著：「學校有責任提供孩子安全、快樂的學習環境，老師管教和處理要更周延……」之類的話語。

在幾個國中小男生跑跑跳跳的身影中，我一眼就認出了其中一個和報紙上的照片彷彿相似的身影。看著電視上的小男孩一副完全不知道自己的命運被豁免了什麼的表情，我的腦海裡浮現了曾經是《危險心靈》原型的那個小男孩所承受的一切。再想起這幾年來發生的許許多多事情時，心中百感交集。

我的眼前視線模糊成一片，淚水奪眶而出，再也停不下來。

等我平靜下來之後，我打了一個電話給我的母親。

你這一輩子，到底是想救人，還是害人？

作為一個醫師，這或許是個很容易回答的問題。可是從一九九七年辭去醫師的工作變成一個專職作家，直到二〇〇七年為止，我一共又花了十年的時間，才有辦法拿起話筒，跟媽媽打這通電話。

「喂。」

聽到電話那端母親熟悉的聲音之後，我激動地說：「媽，我救了一個人……」

你就是那個門檻值3的人

關於「改變世界」這件事，從躊躇滿志、意氣風發、猶豫彷徨、失落沉默、反省改變……作為一個作家，這一路我其實一直都是跌跌撞撞的。但如果問我，二、三十年下來，你還相信「改變世界」的夢想嗎？或者，你仍然對這樣的夢想存在熱情嗎？

我的答案是肯定的。

當然，那樣的肯定，和小時候卡通影片中的太空飛鼠、大力水手、科學小飛俠，或者是蜘蛛人、鋼鐵人這些憑藉著一個人的神力可以改變世界的英雄典範，已經大不相同了。

如果可以的話，我最後再說一件事。

社會學家馬克．格蘭諾維特（Mark Granovetter）曾經用過一個抗爭現場的簡單的模型，說明社會的運作模式。

他假設了一百個處於抗爭邊緣的群眾。（實際上抗爭或暴動的人數當然遠遠超過一百個人，但為了方便說明，我們暫且以一百個人為例。）

由於一百個人背景、條件以及對當前社會不滿程度不同，因此，每一個人加入「抗爭」行動需要的門檻值（threshold）也各自不同。門檻值為0的人面對不合理、不公義的事情發生時，完全不需要別人的鼓動，自己就可以投入抗爭。需要看見一個人投入，才有勇氣加入的人，門檻值為1。需要看見兩個人才有勇氣投入的人，門檻值是2。依此類推。

假設在A城現場有一百個人，門檻值分別從0、1、2……到99，均匀分佈。當不合理的事情發生時，會發生什麼事情呢？

可以想像，門檻值為0的人看見了這情況，一定會首當其衝，立刻投入，想辦法改變這個不合理的情況。這時門檻值為1的人看見了有一個人投入，於是也採取了行動。接下來，門檻值2的人又看到了兩個人投入，於是也採取了行動……依此類推，這個抗爭行動很快就風起雲湧，直到門檻值99的人都加入之後，全城都加入了抗爭的行動。

同一時間，假設B城現場一樣也有一百個人，唯一不同的是，B城這一個門檻值為3的人，因為一些經驗，讓他決定不再那麼積極，門檻值變成了4。

在這樣的情況下，當不合理的事情發生時，會出現什麼樣的結果呢？

可以想見，在B城，一開始一樣會有門檻值0的積極分子投入。門檻值0的人的投入影響了門檻值1的人，然後是門檻值2的人。當前面這三個人都投入之後，事情開始發生了不同的變化。

在B城沒有門檻值為3的人，卻有兩個門檻值為4的人看見現場只有三個人，因此猶豫不前。自然地，所有5、6、7……更高門檻值的人，也沒有採取任何行動。最後，這一切只化為一場為數三個人的流產抗爭。不合理的事沒有任何改變。

對不合理的事情感到同樣的不滿、同樣的憤怒，A城的一群人改變了他們世界，但B城卻沒有，最重要關鍵在哪裡呢？

答案是清楚而明確的——關鍵是這個門檻值為3的人。

作為一個門檻值為3的人，他或許沒有門檻值是0的人崇高的理想，或許沒有門檻值是1的人無畏的智慧，或許更沒有門檻值是2的人願意犧牲的勇氣，但他是改變世界最不可或缺的一環。世界能不能改變，決定在於他能不能改變、能不能多付出一點點的努力，讓自己的門檻值從4變成3，並且展開行動。

相對於改變世界所需要的力量，作為一個門檻值是3的人，他完全明白，自己的貢獻有多麼渺小。但他並不感到無力。因為他看見了，只要他在自己的生活、能力、工作所及的範圍，採取了應有的行動，他就能影響門檻值為4的人，而門檻值為4的人又可以影響門檻值為5、6……的人。這些人，又會影響更多的人，直到你所相信的事情，變成一種連鎖反應，一種更巨大的力量。

儘管必須匯聚數百、數千萬、甚至上億的人，持續了幾十年，才能改變一個人小小的世界──就像《危險心靈》一直要到了二〇〇七年才能幫助那個小孩一樣，但作為一個門檻值為3的人相信，只要一件美好的事，具備了幫助一個人的能量，那麼，它就沒有道理不能幫助第二個人、三個人……甚至整個世界。

誰是那個最關鍵，門檻值為3的人呢？

在一個無法改變的世界，每個人都覺得那個門檻值為3的人應該是別人。而一個能夠改變的世界，每個人都相信那個門檻值為3的人就是自己。

你變成一個怎麼樣的人，就決定你存在一個怎麼樣的世界。而這一切，其實是由你自己的選擇所創造的。

關於「改變世界」，這或許是幾十年的寫作生涯中，我所學到最重要的事情了。

國家圖書館出版品預行編目資料

請問侯文詠 / 侯文詠 著.--初版.--臺北市：皇冠文化. 2015.01
面；公分（皇冠叢書；第4442種）
（侯文詠作品18）

ISBN 978-957-33-3127-8（平裝）

855　　103025575

皇冠叢書第4442種
侯文詠作品 18
請問侯文詠
作　　者—侯文詠
發 行 人—平　雲
出版發行—皇冠文化出版有限公司
台北市敦化北路120巷50號
電話◎02-27168888
郵撥帳號◎15261516號
皇冠出版社(香港)有限公司
香港銅鑼灣道180號百樂商業中心
19字樓1903室
電話◎2529-1778　傳真◎2527-0904
總 編 輯—許婷婷
美術設計—王瓊瑤
著作完成日期—2014年10月
初版一刷日期—2015年1月
初版十五日期—2024年3月
法律顧問—王惠光律師

讀者服務傳真專線◎02-27150507
電腦編號◎010018
ISBN◎978-957-33-3127-8
Printed in Taiwan
本書定價◎新台幣280元/港幣93元